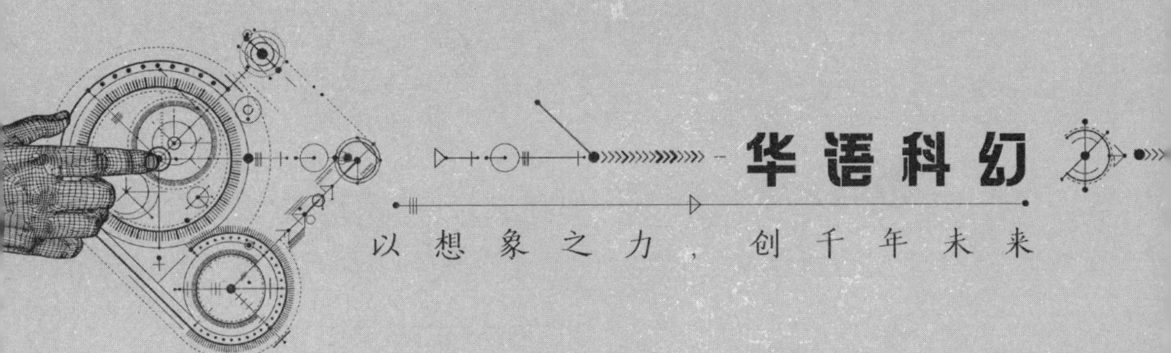
华语科幻
以想象之力，创千年未来

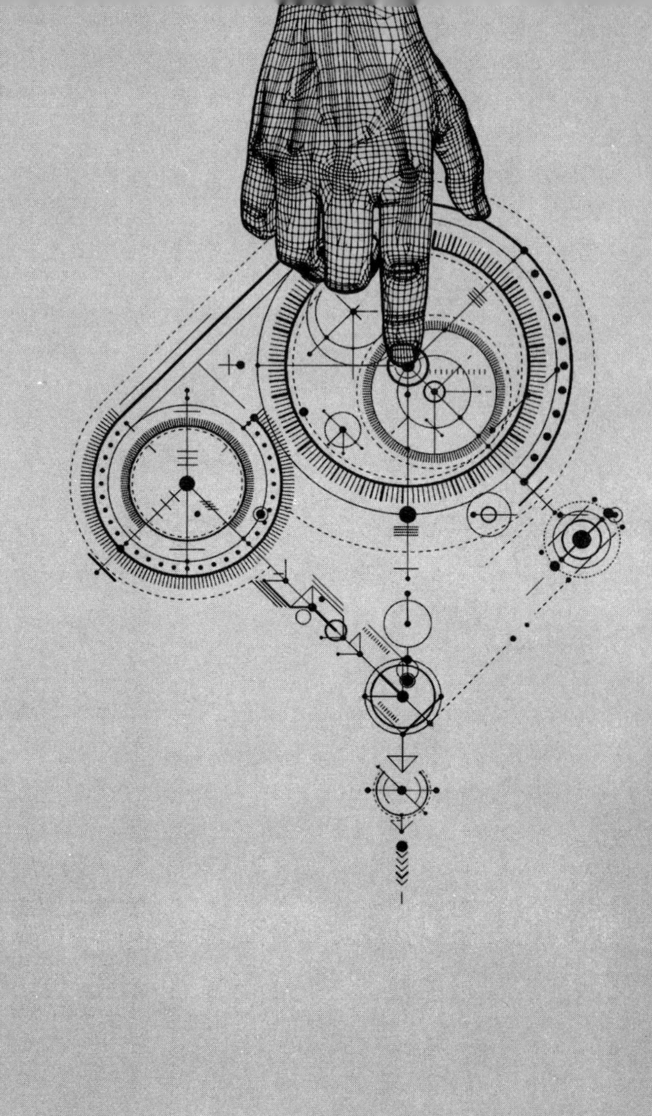

元宇少年科幻精品系列

Sci-fi

时空大冒险

超侠　陆杨　主编

科学普及出版社
·北　京·

图书在版编目（CIP）数据

元宇少年科幻精品系列 . 时空大冒险 / 超侠，陆杨主编 . -- 北京 : 科学普及出版社，2024. 12. --（百年科幻）. -- ISBN 978-7-110-10868-0

Ⅰ . I247.7

中国国家版本馆 CIP 数据核字第 2024EQ9077 号

策划编辑 王卫英
责任编辑 王卫英
封面设计 书香文雅
内文设计 书香文雅
责任校对 邓雪梅
责任印制 徐　飞

出　　版 科学普及出版社
发　　行 中国科学技术出版社有限公司
地　　址 北京市海淀区中关村南大街 16 号
邮　　编 100081
发行电话 010-62173865
传　　真 010-62173081
网　　址 http://www.cspbooks.com.cn

开　　本 720mm × 1000mm　1/16
字　　数 512 千字
印　　张 40
版　　次 2024 年 12 月第 1 版
印　　次 2024 年 12 月第 1 次印刷
印　　刷 三河市荣展印务有限公司
书　　号 ISBN 978-7-110-10868-0 / I · 780
定　　价 120.00 元（全 4 册）

目
录
Catalogue

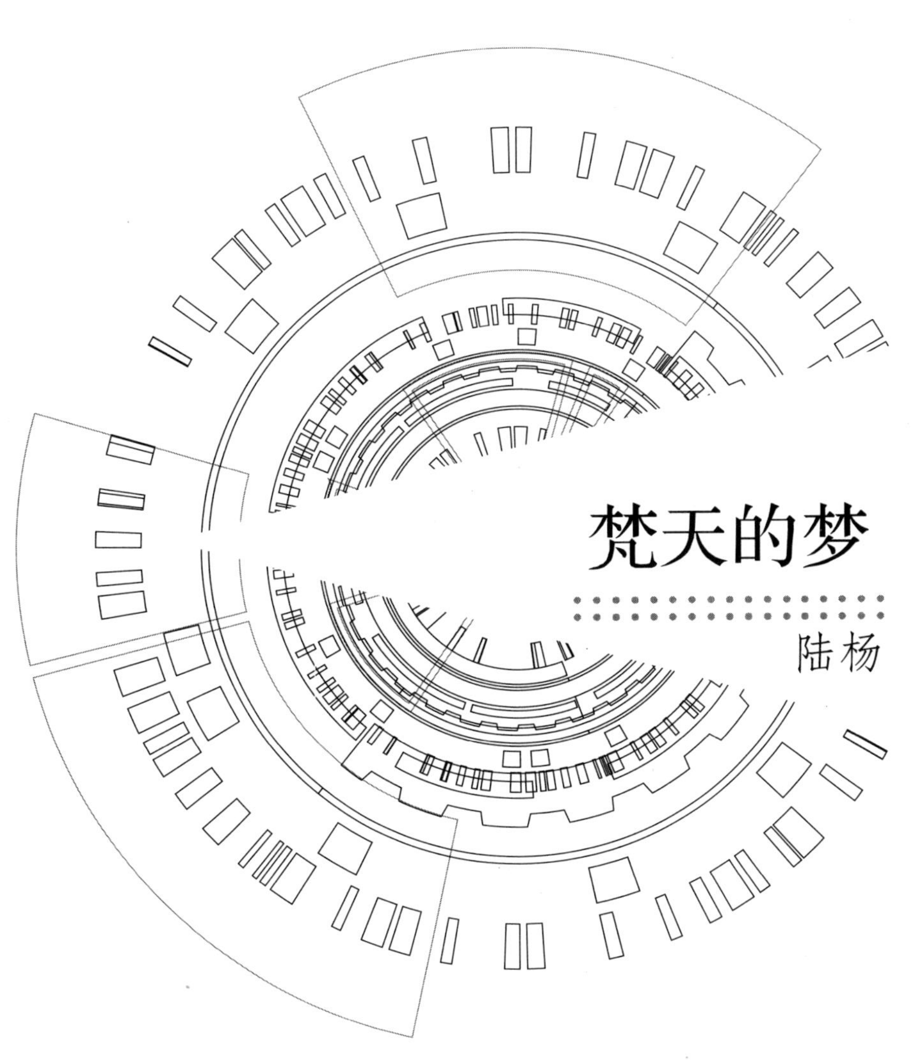

梵天的梦

陆杨

小梵同爸爸和妈妈生活在被称为异次元的结界中，这里拥有组成物质的一切元素。它们飘浮在空中，只要进行一定的排列和组合，就能凭空创造出万物来。

爱美的妈妈在结界里制造了一个奇特的植物园，里面生长着数不清的五颜六色的花朵精灵。它们能歌善舞，活泼好动，歌声犹如百灵鸟般动听，舞姿好似敦煌飞天般婀娜多姿。它们给小梵和爸爸妈妈带来了很多的欢乐。

每一天，攀附在植物园周围篱笆上的藤蔓都会结出各种各样的水果，小梵摘下其中一颗椭圆形的蓝色水果，轻轻一咬，顿时觉得香甜爽口，回味无穷。

在植物园周围，还有着玉液琼浆形成的河流与湖泊，那是爸爸的最爱。

在小梵印象中，爸爸吃饱喝足后，最喜欢做的事情就是睡觉。

爸爸每次睡着后，呼噜声大得惊人，犹如轰隆隆的滚雷在耳边炸响。从爸爸的嘴里会飞出很多的物质元素，在半空中碰撞和融合为梦境。

小梵悄悄来到爸爸身边，看着周围的虚空正在一点点变得有了质感。

先是有了一个点，然后瞬间迸发出灿烂的光芒，在须臾之间，亿万星辰散落到了四面八方。

那些星光照亮了原本黑暗的空间，五彩斑斓的色彩充斥着视野。

“哇，好漂亮！”小梵觉得爸爸的梦境真美，比自己过去创造的一个个小生态球里的景色好看多了。他创造的生态球有很多形状，大的小的、圆的扁的，其中有规则的几何体，也有毫无规则的。它们表面要么覆盖着猩红色的熔岩，要么就是如煤炭般黢黑，每一次，爸爸看到他创造的生态球，都会夸张地哈哈大笑。

“小梵，别急，虽然丑了点，但总归是创造出来了。”

眼下，小梵在爸爸的梦境空间中游弋着，满脸惊喜地穿梭在那些闪闪发光的螺旋形星系和如油画般的星云之间。他被燃烧着熊熊火焰的恒星所吸引，也对那些全身覆盖着厚厚冰层的行星很好奇。还有那些被浓浓气体所包裹的星球，像极了他无聊时创造的泡泡，它们会飘浮在他的身边，闪烁着五颜六色的光彩。一些气体星球上还有巨大的斑纹在不停旋转，仿佛一只变幻莫测的蝴蝶。

不知道过了多久，小梵在爸爸无边无垠的梦境中感到有些寂寞了。他看着周围的景象，虽然有着无数发出光和热的星体，但却没有一个星星会说话。他希望星星能够说出对这梦境的看法，因为这梦境是那样的绚丽夺目。

小梵想叫醒爸爸，让他来制造一些能说话的生命。但他马上想起了上一次自己叫醒爸爸后受到的责罚：他被关在一个白色的空间中，周围什么也没有，他也不能玩生态球创造游戏。

最让他难过的是，爸爸还封印了他的想象力，使得他失去了“想”的能力。后来还是在妈妈的劝说下，小梵才被爸爸从白色房间中释放出来，但那种被囚禁的痛苦却给他留下了很深的印象。

于是，小梵决定在爸爸的梦境中进行一些改变。他要创造一些生命体。

“得先选好一个生态球，然后再创造。”

与爸爸动不动就能创造数不清的星体相比，小梵还太稚嫩，他只能创造和改变一个星体。

然而，要想选好一个用于创造生命体的星球却很艰难。小梵在成千上万的星体上进行了改造，然而，那些星体因为距离燃烧的恒星太近或者太远，要么太热，要么太冷，都无法产生任何生命体。即便能有一些生命体侥幸存活下来，也都是一些肉眼看不到的微生物。在严酷的生存环境下，它们再难有任何的进化空间。

一次次的失败，一次次的重来，小梵在这浩瀚星空的星系之间乐此不疲地寻找和试验着。

直到有一天，他看到了一颗奇特的星球。它是如此的与众不同，仿佛是爸爸的梦境孕育出的一颗蓝色的珍珠，在这寂寥的时空中绽放出了自己的光彩。

“就是它了。”他轻轻叹道。

小梵靠近这颗被大气层包裹的蓝色星体，他发现它的表面有一整块黄色的陆地，还有环绕陆地的蓝色海水。好奇之下，他透视了这颗星体的地壳、地幔和地核，他看到了蓝色星体耀眼夺目的内核正澎湃激荡着高温熔岩。

过去，他创造出的生态球从来没有这样的结构。一时间，他对父亲充满了敬仰。父亲只是打了个盹儿，就能创造千奇百怪的星体，它们拥有不同的构造，物质成分也完全不一样。这样的魔法，他不知道什么时候才能学会。

在看到这颗蓝色星体之前，小梵对自己此前培育生命体的千万次失败都不以为然，但当他看到了蓝色星体的海洋后，他明白了自己过去想在沙漠或者岩石中培育出生命是多么愚蠢的一种行为。

小梵决定在这片海水中注入自己的创意，他将飘浮在空中的物质元素进行了数千万次的排列和组合，终于创造出了宝贵的生命元素。尔后，他将自己创造的一些生命元素投入了蓝色星体的汪洋大海中。紧接着，他就像一个播撒希望后期盼着种子发芽的农夫般蹲守在星体周围，时刻等待着奇迹的降临。

不知道过了多长时间，当蓝色的星体绕着明亮的恒星旋转了43亿次后，他看到海水中有了一些细微的变化。一些小小的藻类诞生了，它们努力生长着，不停地进行着光合作用，吸收二氧化碳，释放氧气。蓝色星体的气体构成开始发生改变。

看着藻类们开始改造周围的环境，小梵激动得热泪盈眶，他围着蓝色的星体旋转了不知道多少圈。

然而，他似乎高兴得太早了，因为在这些藻类诞生了很久后，他所期待的生命体并没有出现。这些藻类始终还是原来的样子，虽然它们很努力地生存着，却没有半点要进化的样子。

“为什么还是不能孕育出来……”小梵嘟嘴道。

他决定再次干预生命的进程，紧接着，他又将自己创造的一些生命元素投入到了这片海水中。这一次，他的创造魔法产生了作用。海洋仿佛被点燃了一般，万千生命如火山喷发般涌现出来。

当生命的舞台拉开了帷幕，各种生物便开始登台亮相——三叶虫、奇虾、怪诞虫等海洋生物在海水中欢快畅游。没过多久，海里就充满了各种大大小小的生命体。

看着眼前生命大爆发的场景，小梵开心地手舞足蹈，他将头潜入海水中，仔细观察着那些生命体的繁衍生息。他觉得奇虾在海水中游动的姿态，就像是结界植物园中的花朵精灵在舞蹈，而那些在海底爬行的三叶虫，看上去更是无比可爱。

这样的观察又持续了很久，直到他再次觉得无聊。

因为，他没有在这片蓝色的海洋中听到任何的声音，虽然这些生命体已经占据了整片海洋，但它们却还是不会说话。海洋仍然没有他想要的那种生机和活力，这里没有歌声、没有争吵声、没有智慧的问答。

"原因在哪里呢？"小梵用手托着下巴，仔细观察着蓝色星体上的海洋和陆地。很快，他找到了原因。

"也许它们需要到岸上来，在那片空气中进化。"

为了让海洋中的生物能够主动地爬上岸，小梵想了一个巧妙的办法，他将一些海洋植物的种子播撒在岸边，让这些海洋植物慢慢开始适应陆生。

很快，海里的生物注意到了这些生长在海岸周围的茂密植物，为了香甜可口的食物，它们试探着爬上岸，一边咀嚼着植物的根茎与叶片，一边努力地去适应空气和陆地环境。

它们慢慢长出了能够呼吸空气的肺，但还是保留了能够在水中呼吸的鳃。这样一来，它们就可以自由出入陆地和海洋。白天，它们在深蓝色的海水中翻滚，成群结队，追逐嬉戏；夜晚，它们在绿草间爬行，舔舐着滴落在草叶之上的晶莹露珠。

看着最早的两栖生物诞生，小梵双手叉腰，脸上充满了得意的神色。

"如果爸爸看到这样的场景，一定会夸奖我的。"自从咿呀学语之时，他就在爸爸的教导下学习制造生态球，他创造过很多的生态球，但与眼前的蓝色星体相比，那些生态球都太过丑陋。虽然这颗蓝色的生态球是爸爸梦境的产物，但有了小梵培育的那些生命体，这颗星球在宇宙中变得更加璀璨。

在小梵眼中，生命的交响乐正在按照他的指挥棒在奏响。这乐曲悦耳动听，充满了无数奇妙的变奏。

眼下，他不需要太多干预，只需要静静地观察和等待。他坚信，自己很快就能同这些生命体对话。

随着树木枯荣，沧海桑田，最初爬上岸的生命体越长越大，最终变成了犹如小山峰般高大的巨兽。

它们遍布整片大陆的山川与河流，以及海洋的各个角落。它们的吼叫声充斥着小梵的听觉器，令他下意识地皱起了眉头。它们走动时，大地随之震颤。那些矮小一点的动物仰起头时，看到的全是这些巨型动物的肚子。

因为体形太过巨大，它们每天只做一件事，就是不停地吃着树上的叶子。

它们没有时间思考和进化，也没有时间去说话和歌唱。

看着那些在草原上追逐厮杀的霸王龙和食草恐龙，小梵满脸愁容。这些生物唯一感兴趣的似乎只有食物，无论这个食物是树上的叶子，还是能跑能动的其他恐龙。

为了引导这些生物走向智慧的进化之路，他不停地对它们讲话，但它们却根本听不到。他用风声、雨声、惊涛骇浪声去提醒它们，他就在它们周围，但这些低等的生物却无法感知到他。

他试了很多次，想要教导它们去关注四季的变化，去思考生命的意义，但到最终，他都失败了。在蓝色星体绕着恒星转动了3亿圈后，恐龙并没有太大的进化。它们只是在外表和形态上发生着改变，智力却仍然没有走向更高等级的演化之路。

眼见这些巨大的生命体抛弃了智慧之路，只剩下了杀戮与繁衍的本能，小梵有些难过地低垂着头。

这时候，他看到爸爸出现在了自己身边。

爸爸轻轻抚摸着小梵的额头，缓缓说道："孩子，你得有耐心，还要学会承受失败。"

"爸爸，你不是睡着了吗？"小梵仰起头，瞪大双眼，诧异地问道。

"我是睡着了，但我也是清醒的。"爸爸笑道。他的笑声竟然引发了蓝色星体的剧烈震动，那些火山喷发出了浓烈的烟尘。黑色的浓烟遮天蔽日，让地面的动物惊慌不已。

"那我上次叫醒你，你为什么要责罚我？"小梵不解地问道。既然爸爸在睡着时也可以保持清醒，那他为什么还要生气。

"我惩罚你并不是因为你打扰了我的梦，而是因为你总是缺乏耐心。如果没有耐心，你就永远也只能创造一个个小小的生态球。你再看看周围这些星体，如果我也缺乏耐心，它们根本就不会产生。我并不是在睡觉，而是在思考和创造。"

爸爸故作严肃地说道："好了，我要继续睡觉了。希望你能创造出属于你的奇迹。"

爸爸离开后，小梵将目光再次转向了蓝色星体上的那些巨型生物，它们依然在为了一口食物而互相撕咬。小梵摇了摇头，歪了歪嘴，抱怨道："它们怎么看都不像能进化成有智慧的生命体的样子……"

当他这样说时，脑海中产生了一个念头。过去，只要他觉得自己创造的生态球失败了，他就会毁掉他。但与此同时，他又想到父亲才刚刚对他说的话："要有耐心。"

"那我就只毁掉恐龙吧，给其他生物一些机会。"

小梵思考着如何消灭恐龙时，这些巨型生物还无忧无虑地生活在裸子植物丛林及青青草原、幽幽河谷之中，梁龙正昂起长长的脖子吃着高大铁树上的叶片，它们懒散地咀嚼着树叶，对身边发生的一切事情都漠不关心。

而迅猛龙则三五成群地追捕着自己的猎物。这些恐龙时代最聪明的生物，还是将大量的智慧都运用到了捕猎这一件事上，如果它们去思考制造工具，说不定就能进化成为恐龙人了。

天空中，一些巨大的黑影划过，那些都是神奇的生物翼龙。它们站在高高的山巅，不时歪动着头，敏锐的目光注视着草原上奔跑的一些小型恐龙。它们已经做好了俯冲和猎捕的准备。

就在这时，小梵看到了那些在星系之间游荡的小行星。它们犹如宇宙中迷路的旅客，在虚无中四处漂泊。

“我们来玩一次撞击游戏吧。”

小梵伸出手，轻轻抓住一个直径一千米的小行星。他闭上一只眼睛，瞄准了蓝色星体的一片海洋。

“力度要刚刚好才行，如果重了，这个星体就被砸坏了，上面的生命将不复存在。”

打定主意后，小梵扔出了手上的小行星。

下一秒钟，正在吃草和捕食的恐龙们看到了天空耀眼的巨大火团，那是小行星与大气层发生摩擦后爆发出的熊熊火焰。

当剧烈的碰撞发生后，大地震动不已，蓝色星体表面腾起了巨大的蘑菇云，冲击波裹挟着海水汹涌着奔向陆地，成千上万的恐龙在冲击波到来的瞬间灰飞烟灭。碰撞发生后，烟尘遮蔽了阳光，幸存的恐龙在暗淡无光的核冬天苟延残喘。

当陆地上存活的植物越来越少，食草恐龙慢慢绝种了，紧接着消失的是那些食肉恐龙。

蓝色的星体告别了巨兽时代，弱小的哺乳类等生物登场了。

自从恐龙灭绝后，蓝色星体上的各种动物闪亮登场。一直到冰河时期，小梵并没有看到任何有潜质的生物。这些生物虽然没有恐龙那么高大的身躯，但它们的智力仍然很低下，完全不具备同他对话的条件。

小梵觉得所有的生物都只是蚂蚁的放大版本，每日的终极目标就是吃和睡，不具备任何的奇思妙想，更无法读懂他融入万物中的秘密。

直到看到一种浑身长满长毛的古猿出现，小梵眼前一亮。这种生物的造型同他过去创造的一些玩具很接近。虽然那些玩具能动能跑，但却不能说话，也没有灵魂。但看着那些成群结队、咿咿呀呀叫喊的古猿，他觉得它们一定能进化出更高一级的生命体。

然而，这种等待又延续了很久，古猿还是古猿。它们仍然只是饿了就采摘果子和香蕉食用的原始生物。

“难道它们还没有准备好吗？”小梵自言自语。

他转过头看了看正在熟睡中的爸爸，爸爸的呼噜声响彻天地。

小梵决定继续干预生命体的进化，他在爸爸的魔法植物园中折腾了很长的时间后，重新创造了一些生命元素。然后，他将这些生命元素通过雨水降落到了古猿们生活的河流与湖泊中。

没过多久，喝下智慧水的古猿发生了奇特的改变。这些古猿从最初害怕野外燃烧的大火，到快速学会了使用这些火源，再到发明钻木取火及各种捕食技巧。

渐渐地，古猿中出现了文明的迹象，它们分工明确，逐渐建立了最初的部落。

蓝色星体上，随着古猿部落的大量产生，他们相互间展开了攻城略地，逐渐成为一个个更大一点的部落。

当进化之门被打开后，语言、绘画和舞蹈等艺术逐渐在部落中出现，那些手握石刀的原始人将战争场景与动植物的形象用植物的颜料绘制在了岩石上。他们用粗野的舞蹈来表达丰收的喜悦，他们用简短的发音来交流思想。

为了祈求战争和捕猎的成功，他们开始观察惊雷闪电，倾听风雨的声音；他们还通过烤炙兽骨和龟甲，从裂纹中读取天神的旨意。

“很好，他们已经在试图与我交谈了。”小梵暗自得意。

当进化的脚步越来越快，人类开始讨论如何接触小梵这个创造一切的天神。

此时的人类都说同一种语言，因此，他们很快团结起来，打算创造一座可以无限接近天空的巴别塔。

“真是一种有趣的行为，难道他们认为我存在于大气层中吗？”俯瞰着那些如蚂蚁般勤劳工作的人类，小梵捂嘴笑道。

当人类的巴别塔越建越高时，爸爸不知道什么时候来到了小梵身后。在看到那座高耸入云的塔，以及满脸笑容的小梵后，他轻轻叹息了一声。

“孩子，我告诉过你要有耐心，你还是忘记了我的忠告。他们现在还不具备与你交流的基础，所以，这座塔也没有任何意义。就像是一把梯子，虽然能让他们站得更高，但他们能看到的仍然还是眼前的那些景色。”爸爸想了想后，说道，“我会让他们的语言混乱，你再看看他们会有什么反应吧。”

当爸爸施展了自己的“魔法”后，那些建塔的人类突然发现自己听不懂别人说的话了。每一个部落似乎都有了属于自己的语言，他们比手画脚了大半天，还是不能理解对方的建造师和工人在说什么。很快，人类之间的矛盾发生了。起先只是争吵和怒骂，最后各方就大打出手。他们从塔顶一直打到塔底，从肉搏战升级到了兵刃战。

他们最初想要见到天神的共同愿望消失了，转而开始追求世俗的安逸与享乐。最初的城邦开始形成，人类社会出现了不同的阶层。

没过多久，小梵眼中看到的就是无数贪图享乐的生命体，他们整日痴迷于各种声色犬马和灯红酒绿，完全忘记了存在的意义。

看着自己创造的生命体变成了这个模样，小梵很难过，他甚至开始怨恨爸爸。

过去，他每一次创造出能跑能动的玩具，爸爸都会说他造得不够完美。虽然爸爸能够创造整个宇宙和时空，但他造的玩具就不算是一种奇迹吗？

就像这一次，他好不容易让古猿变成了智人，让他们能够团结起来寻求与他对话。但爸爸却用魔法让他们变得蠢笨起来，而且他发现爸爸不光改变了这些人类的语言，还将许多的基因漏洞植入到了人类的大脑中。

他想过很多办法想要去除爸爸植入人类大脑中的“魔法”，最终却徒劳无益。

在爸爸面前，他只是一个成天只知道哭哭啼啼的小孩。

但他对自己创造的生命体还是很有信心的，他认为他们一定能通过进化的脚步净化心灵，从而破除爸爸对智慧的封印。

当城堡越建越宏伟，服装越来越华丽，美食越来越丰盛，人类开始信奉越来越多的神，战争一次又一次爆发了。爸爸再一次来到了小梵身边。

他生气地看着蓝色星体上战火纷飞和纸醉金迷的小人们，脸上的怒气越来越重。

“三天后，我将降下大洪水毁掉那些污浊的存在。孩子，你最好准备重新进行创造吧。”爸爸丢下这句话，转头离开了。

小梵看着爸爸离去的背影，脑海中却想起了那些古猿在经过他的魔法改造后，第一次从树上下到地面的样子，他们对整个世界充满了好奇。还有他们第一次学会使用火的喜悦，他们第一次吃到烤肉的兴奋。

“是我创造了他们，谁也不能杀死他们！”小梵准备偷偷反抗爸爸，他决定以人类的样子去拯救这些弱小的生命体。

在迅速观察了蓝色星体上的所有人类后，一个叫诺亚的人进入了小梵的视野，他决定告诉诺亚怎么拯救人类。他将意识投影到了一个人类的大脑中，然后找到了诺亚，告诉了他天神将降下洪水的时间、刻度及如何拯救世界上的万物。

诺亚是个聪慧的人，他按照小梵给他讲的方法建造了巨大的方舟，将人类和许多动植物的胚胎和种子带上了方舟。

三天后，当人类正沉醉于享乐时，天空出现了许多巨大的窟窿，无数的水柱从天而降。这些不知道来自何方的洪水很快淹没了陆地，无数的村庄、城堡和城市被淹没。从此，全世界各个民族的记忆中有了洪水的记忆。

不知道过了多久，洪水终于退去，人类开始了新生。

“小梵，我知道你做了什么，但你所做的一切并没有意义。这种生命体从诞生之初，就有了瑕疵，无论他们怎样进化，都无法成为真正完美的生命体。”爸爸冷冷地说道。

“爸爸，难道生命体一定就要完美吗？你的梦境是完美的吗？”

“梦境无所谓完美与不完美，因为这一切都只是虚空……你看到的这些星球和生命体其实并不存在。”爸爸冷冷地说道。

“但我就喜欢看这些生命体努力进化的样子，”小梵据理力争道，“并非所有人类都是贪图享乐的，他们中间也有拯救苍生的人，也有艺术家、行吟诗人和画家，他们画出的画很美，他们吟唱的诗句很动听！”

“你是我的孩子，难道你就是这样定义美的？从小，你就看过我做过无数的梦，难道在我的梦中，没有美存在吗？而你现在只看到了那个尘埃般的星体上的一点美，就来质疑我的智慧和创造？”

“爸爸，无论是极大的宏观还是极小的微观，都应该得到尊重。你可以创造万物，但万物也应该骄傲地活着。”

“总有一天，你会失望的……因为，我见证了太多的虚幻泡影破灭的瞬间，同它诞生之初一样的炫目。”

“永恒和刹那本来就是一样的，也许，爸爸和我还有妈妈都是其他人梦境中的存在呢？”小梵反驳道。

“荒唐，我们怎么可能是别人梦中的产物！”爸爸气愤地说道。

“爸爸，你又怎么确定我们不是被创造出来的梦境呢？”小梵说。

“刚才还好好的，怎么又争起来了？”妈妈走到小梵身边，轻轻将他揽入怀里。

“这孩子都被你给惯坏了。”爸爸无奈地叹了一口气。

“不是你说的要让他多看看不同的梦境，以后才能创造更多的梦境吗？”妈妈笑道。

“可是你看看他现在每天都在关注些什么？那些如蚍蜉般弱小的存在，却让他痴迷不已。”

“你小时候好像也是这样。”妈妈嗔怪道。

“我像他这么大的时候，已经能在梦境中创造出很多的生态球……而他现在仍然没有掌握要领。”

“你不是一直告诉他要有耐心吗？但你为什么没有耐心了！”妈妈

生气地说道。

“我说不过你，我继续睡觉。”爸爸闭上眼睛，呼噜声再次响起。

“别生你爸爸的气，他其实很爱你。”妈妈安慰小梵。

“妈妈，我就想看看那些人类能不能同我说说他们生存的感受和对万事万物的看法。”

“他们不是一直在展示给你看他们的文明吗？”妈妈轻言细语地说道。

“但他们的进化还远远不够，我希望他们能进化出更高等的文明。”小梵急切地说道。

“好的，你可以等等看。说不定哪一天，他们就发现你的存在了。”

人类接着的进化令小梵越来越失望，地面的小人一次又一次地发动了战争。

当绿色的雾气弥漫在整个山谷时，他看到趴在草丛中的士兵脸上呈现出极度难过的神色。他们不停呕吐起来，最后在嘶吼中痛苦地死去。

“是毒气……为什么要发明这样残忍的武器……”小梵使劲摇着头，他创造的生命体应该是善良的，而现在，他看到那些所谓的聪明头脑却将这种智慧用到战争中。

坦克、飞机和大炮，每一次的轰鸣带来的都是死亡的哀嚎，没有了文明的鲜花和歌声，只有兽性的掠夺和厮杀。

看着眼前的死亡和鲜血，小梵突然间意识到，眼前的这些小人儿其实比恐龙时代的巨兽们还要原始。恐龙们还遵循万物生存的法则，它们有着严格的狩猎之道，绝不会滥杀与贪婪。而现在他创造出的人类，却能为了美色、金钱、财宝、城池和权力大开杀戒。

“这根本不是进化，而是退化！”小梵有些绝望，他捂着双眼大哭起来。

一时间，蓝色星体上下起了瓢泼大雨。

战场上的敌我双方士兵正在泥泞中挥舞刺刀互相拼杀，鲜血喷涌之时，天边响起了震慑人心的雷声。一道道闪电划过长空，照亮了士兵迷惘的脸颊。

“为什么要有战争，为什么要伤害别人？”小梵想不明白，他觉得这一定是爸爸的魔法改变了这些人类的进化轨迹。原本他创造的人类都是善良的，而现在，他们经过了石器时代、青铜器时代、铁器时代、蒸汽时代、电气时代和互联网信息时代，马上就要进入星际文明时代，却仍然还是原始的思维方式和头脑。

丛林法则主导着这颗星球的最高智慧生物，人类还是被爸爸植入的基因漏洞所束缚，他们还像当年造巴别塔一样，在爸爸的魔法下变得不可理喻，完全失去了自我。

“若他们能够团结起来，人类应该早就能够触摸宇宙的本质和万物的秘密。而现在，他们把大量的时间用到了毫无意义的事情上。”

又经过了一段时间的进化，他看到人类发明了越来越先进的宇宙飞船，他们将旗帜插在了遥远的火星上，逐步飞出太阳系，向着最近的比邻星前进。

小梵脸上又恢复了一些笑容。看来，他们终于找到了正确的路径。

“如果他们能搞清楚宇宙的本质，就一定能读懂我留在各个星体上的文明符号。”

然而，小梵还是高估了人类的进化之旅。没过多久，他看到人类的一个个殖民行星上爆发出耀眼的光芒，人类再一次开启了战争模式。

这一次，爆发的是毁天灭地的星际战争。人类发明的歼星武器直接摧毁了一个又一个的星体，最终，人类的母星——地球也被歼星武器重创。

霎时，万物凋敝，生灵涂炭，文明在朝夕之间毁于一旦。

看着一个个星体爆炸时闪耀的耀眼光芒，小梵沮丧地蹲坐在蓝色星体一侧。他将身体蜷缩成一团，止不住地瑟瑟发抖。

这时候，爸爸慢慢走到他身边，缓缓蹲下身来。

“孩子，不要难过。文明的进程就是这样，周而复始，无始无终。正如我的梦境一般，没有开始，也没有结尾，只有一个又一个炫丽的泡影。你不用执着于奇点的大爆发，也不要懊恼最终的大坍塌。”

“爸爸，为什么他们不能像我们一样，成为神级文明？”小梵抬起头，眼里充盈着泪水。

“因为他们的基因中存在漏洞……”

“这并不能怪他们呀！是你混乱了他们的语言，破坏了他们的团结，并且在他们的基因中注入了乱码！”小梵哽咽着，嘟着嘴抱怨道。

“孩子，你看到的都是表象，难道你忘记了你曾经一次次给予他们帮助，教导他们如何治愈和弥补这些漏洞吗？你教导他们追寻的真理，他们在听吗？你让他们仰望星空，他们在看吗？你让他们团结起来，他们仍然还是热衷于自我和独立。从你制造他们之初，他们就不完美，因而他们才会被我的魔法改变。当一个事物有了缝隙，病毒才能入侵。”

“可是，我不甘心看到文明就这样终结……”小梵不服气地说道。

“文明并不会终结，它还会继续，只要你给予耐心和等待。这一次，我希望你不要再干预，当然，我也不会再施加任何的魔法，我们都静静地看着他们进化。”爸爸笑着说道。

“还有文明？人类不是已经被自己发动的战争毁灭了吗？”

“在万千生灵中，人类也只是一种动物。在这颗蓝色星体上，不是还有那么多的飞禽走兽和花鸟虫鱼吗？”

“难道那些圣甲虫能进化成为文明？他们只在埃及法老的陵墓中展示着自己的高贵。”小梵惊疑地说道。

“昆虫有昆虫的文明，动物有动物的聪慧。我已经看到了过去、现在和未来，只是我希望你自己去验证。”

“爸爸，你的意思是，今天所发生的一切都是你知道的？”

“对的，因为这一切都发生在我的梦境中，而我能预知每一个量子的轨迹。他们的诞生到灭亡，他们的进化和退化，一切都逃不过我的眼睛，这就是神级文明的能力。”

“那会有什么样的文明会诞生呢？”小梵很想知道答案。

“这需要你去观察，如果你不观察，我告诉了你，也许结果就不一样了。”

“爸爸，我一定会努力观察的！”小梵破涕为笑，将目光投向了地球。

这颗历经磨难、尘埃落定的地球，似乎正孕育着新生。阳光穿过黑沉沉的密云，将一缕光照射到大地，一棵绿油油的嫩苗破土而出，在微风中轻轻摇摆。

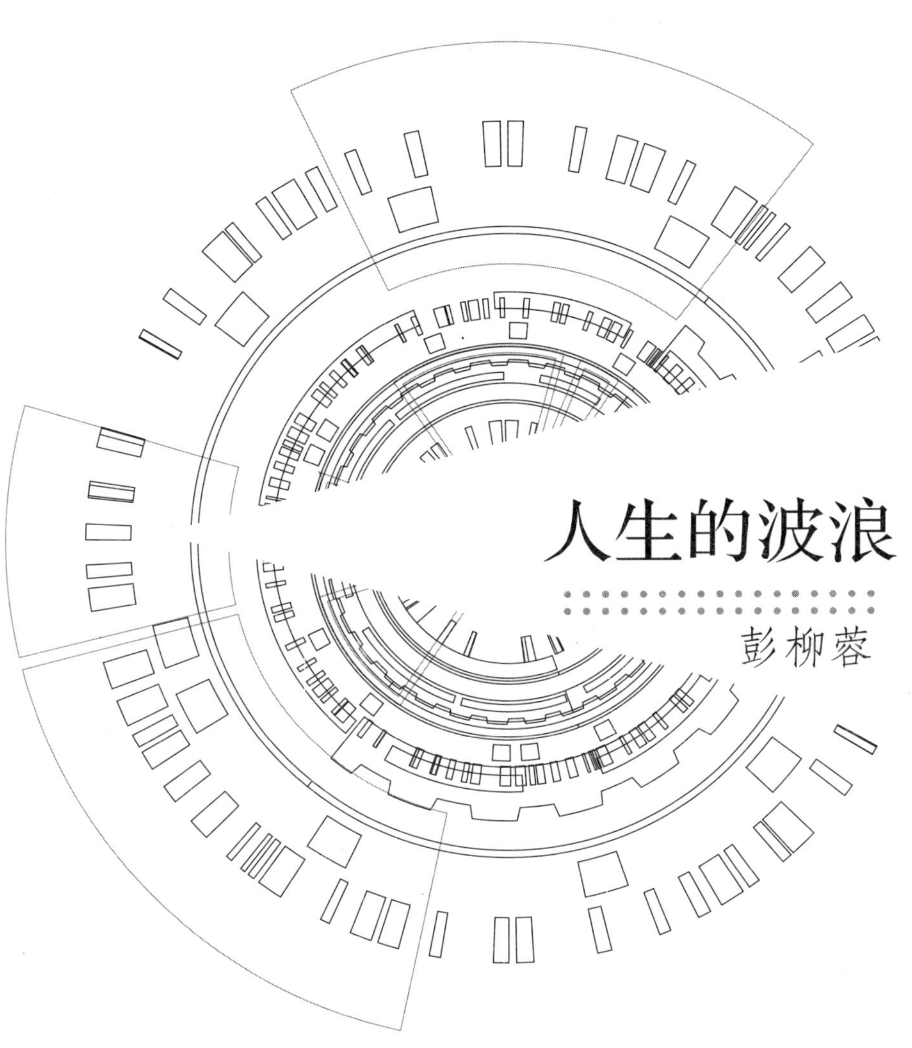

人生的波浪

彭柳蓉

一、大河

冬天时，10岁的长生离开苗寨乘船去县城的学校。苗寨在大河深处，寨子里的人前往20千米外的刹那镇要先坐船再坐车。

长生穿着橙色救生衣，坐在船舷边看着一只小青蛇泅水渡河。机动船行驶产生的涟漪如浪涛。于是，小青蛇在层层波涛里奋力游着，灵活无比。

就在这时候，庞然大物从洁白的云朵上坠落。它看起来像是巴士大小的碟子，外表蒙着一层明灭不定的浅蓝色的光。这飞行物急速坠入大河，掀起巨浪，让长生乘坐的机动船在瞬间翻覆。一切发生得太快，长生甚至没来得及害怕就失去了意识。长生只记得坐在自己身边的父亲紧紧护住了她。

当长生再次醒来时，时间已经过去了一个月。她躺在医院的病床上，看着冬天的初雪落下，这些白色的凝固的雨水缓慢地落下，安抚着慌乱的她。照顾长生的是姑姑繁花。繁花姑姑说，长生的父亲林华在事故中去世了。出事地点附近五千米的区域都封闭了，政府说有辐射的危险，寨子里的人都搬到县城生活。

长生问："那只巨大的会飞的碟子是什么？外星飞船吗？"

繁花姑姑有些局促地回答："电视新闻里说，科学家从失事的飞船里救出了星使。是星使救活了你。"

"星使不能救活我的爸爸吗？"

"太迟了。"

群山延绵。刹那镇依山而建，只有几条蜿蜒的长街。数十层的高楼群在山间屹立，像是新的古怪的山峰。刹那镇的市区里还有着好几座毛茸茸、绿茵茵的小山，宛如巨人的绿色棋子。数百年前，逃离战乱的人们跋山涉水来到这里，定居了下来。群山给予人们安慰，把这里当作世外桃源。

银灰色的货运飞船掠过山尖，飞船的阴影如同墨绿的云贴着树梢流动。在星使降临后，科技的迭代速度发生了极大的变化。星使带来的技术让人们能够快速打印出廉价的飞船，甚至搭建星网。网络上的人们讨论着人类文明获得了宝贵的跃迁机会。

长生恹恹地坐在病床上望着飞船。新年将至，往年和她一起庆祝新年的人却再也无法见到了。事故留下的后遗症是时不时发生的偏头痛，这让长生的心情越发低落。

繁花姑姑带着长生办理了离院手续。长生将医生开的药装进书包里，牵着繁花姑姑的手走进了冬日的雪里。她并不觉得冷，因为心底的破洞里装着无法停止的暴风雪。

为了方便长生定期到医院复诊，繁花姑姑为长生办理了转学手续。她相信新的学校新的生活能让长生振作起来。

开学那天，长生走进青云小学的一间教室里，一眼就看到了在靠窗椅子上坐着的微笑的女孩春芳。春芳笑着的时候有着浅浅的梨涡，让长生觉得亲切。班主任老师安排长生挨着春芳坐。

长生坐在春芳身边，偏头痛好了许多。她从书包里拿出课本，听着语文老师讲课，得到了醒来后少有的平静。

放学时，长生和春芳一起走出了校门。她们的家在同一个方向。

雨水落下，将低洼处的积水激起一层层的涟漪。这些微小的波浪带着寒气，入侵这个黄昏。

长生隐约听到窸窸窣窣的声音在响。

“意识波动值即将超过安全界限。”

“打开潜意识抑制程序……”

二、机器兔

冬天的细雨似乎会冻结一切。街道两侧的店铺在阴雨里散发着柔和温暖的光。

打着伞的春芳和长生经过一家新开的店铺，店铺里售卖着可爱的家用机器人。家用机器人是和春芳一样高的机器兔，有着红宝石一样美丽的眼睛，长长的毛茸茸的耳朵，躯干部分的外壳洁白光亮。

春芳摸了摸机器兔的耳朵，对长生低语：“毛茸茸的机器兔真可爱。”

两个新认识的好朋友依依不舍地离开了店铺。长生临走时看了看橱窗里的机器兔。她很小的时候也有一个妈妈亲手做的布兔玩偶，搂着布兔睡觉就不会做噩梦。

春芳执意要送长生到小区门口。她说她是班长，要照顾好新同学。两个女孩挤在一把大伞下，听着沙沙的雨声，小心翼翼地越过水洼。

长生在乌云下看着镇上陌生又熟悉的一切。每年寒假，长生都要和爸爸一起来刹那镇探望繁花姑姑。暑假时，游客来山中避暑探奇，繁花姑姑就会去苗寨摆摊卖老挝咖啡给游客，五年里就凑到了买镇上楼房的首付钱。爸爸说，百年以前，寨子里的人靠采药采燕窝过活。如今的苗寨里的年轻人大多去镇上甚至贵阳市里打工。

春芳听长生说着在苗寨里做咖啡的事情，发现长生眼底的阴霾消散了一些。

天黑得早，街灯在此时亮了。长生站在小区外，不知为什么心中有些异样。阴雨里的小区看起来分外温暖，每一盏亮着的灯都代表着一家人。

春芳拍了拍长生的肩膀："我走了，明天见。"她打着花伞离开，就像花朵落入大河。

长生走进小区，觉得手指发冷，搓了搓手。她走进电梯按了楼层按键，看着镜面里的自己，耳边隐约传来波涛的声音，那是她无数次坐船在大河上听到的声音。有那么一瞬间，长生觉得也许自己正在船上打瞌睡，做了一个噩梦，马上就可以醒来，蹭蹭微笑着的爸爸的手臂。

电梯的门滑开，长生僵着手指按了门铃，繁花姑姑脚步匆忙地来开门。长生一眼就看到门边站着的机器兔，她愣住了，视线无法从机器兔那红宝石般的眼睛上移开。

繁花姑姑告诉长生："这是星使送给你的新年礼物。机器兔是学习和生活的好伙伴。"

长生迟疑地看着机器兔，又看了看有些局促不安的繁花姑姑，默默地接受了这份新年礼物。

机器兔比长生想象的聪明，它甚至用微波炉热了一杯牛奶递给长生。爸爸以前也爱给长生喝牛奶，说那样能长高。长生喝着温热的牛奶，这温度和爸爸给她喝的牛奶的温度一样。

当黑夜降临时，机器兔在窗边的角落里进入了待机状态。长生看着窗外细碎的雪花，这一年的冬天比往年的冬天要冷。长生吃掉了医生开的药，躺在被窝里安静地睡去。

就在她坠入梦乡的刹那，她听到了一段奇怪的对话。

"意识捕获进程顺利。"

"意识波动在可控范围……"

三、潜意识

天气越发寒冷，这一个月的每个傍晚都有雨水降临。长生适应了新学校，午休时也会和春芳一起去图书室看书。

长生喜欢春芳，从第一眼看到春芳时就觉得亲切。长生和春芳讲了不少她过去和爸爸遇到的琐碎趣事。春芳总是静静地听，从不打断长生的回忆。

期末考试就要来了，两个小伙伴不得不下午留在学校做题和复习。

长生合上习题集，深情有些黯然："我今天要早点回家。"今天是她11岁生日，繁花姑姑早上就念叨着长生大了一岁了。长生九岁生日时是和爸爸一起过的。如今，她和爸爸之间隔着无法跨越的距离。

"今天是长生的生日，生日快乐。"春芳从书包里拿出一只布袋递给长生。

长生惊讶地望着春芳。

春芳仿佛叹息般说："长生又大了一岁。"这一瞬间，女孩的神情和长生记忆里妈妈的神情重叠在一起。长生突然想起自己为什么觉得春芳看起来很亲切。她爸爸珍藏的影集里有着妈妈从小到大的相片，春芳的样子和妈妈小时候一模一样。

剧烈的疼痛袭击了长生，她倒在了地上。古怪的是，在她倒下时，四周的一切都静止了。春芳保持着要去扶长生的姿势，无论是雨水，还是教室里所有的人都凝固了。教室里墙壁渐渐变得模糊，细碎的光点在向着四周崩散。

“记忆卡顿，安抚程序无法进行。”

“潜意识警戒值提升……”

长生醒来时看到了枕头旁边躺着的布兔子。她的视线移开，落到了窗边角落里沉默的机器兔的身上。

机器兔在她的注视下苏醒，红宝石的眼睛亮了亮。它发出和爸爸一模一样的声音：“早安，长生。”是的，长生把机器兔的声音设定成了爸爸的声音，这让她觉得安全。机器兔不仅会做家务，还能和她聊天，帮助她查询各种资料。

“早安。”长生说。

机器兔轻快地滑出卧室，去厨房制作早餐。

长生穿衣洗漱后坐在了餐桌前。她对繁花姑姑说：“姑姑，我和春芳约好了今天去书店。”

繁花姑姑把钱递给长生。

长生继续问：“我可以带着我的机器兔一起去吗？”

繁花姑姑惊讶地看了机器兔一眼，说：“当然可以。”

于是，长生带着机器兔出发了。

天气晴朗。浅金色的阳光照耀着街道和人群，像一个极轻的拥抱。长生并没有和春芳在书店汇合，而是和机器兔一起上了一辆半新不旧的越野车。

长生挨着机器兔坐在后座上，对着戴着银耳环穿着黑色羽绒服的中年男子说：“求叔，我们出发吧。”她前些天在县城遇到了大河苗寨的求叔，求叔答应带她去禁区边缘看看。

父亲去世已经两个月，繁花姑姑说父亲因为辐射的缘故被埋在了寨子里，长生并不相信。她在学校的图书馆里查询过辐射可能造成的损害。问题在于，她的身上没有任何伤痕和溃烂。

冬天的两个月里，禁区外的野草就疯长到了一人高。因为惧怕神秘的辐射，没人来这里。越野车停在道路尽头，这里能俯瞰不远处的大河。

大河依然流淌着，它穿过方圆五千米的禁区，向着群山的更深处进发。在大河的尽头是高耸的峭壁，峭壁高处有着天然形成的洞穴。百年前的人们安息在洞穴里，期待着后人把他们带回真正的家乡。

“求叔，我想更靠近一些。”长生说。

四、禁区

“我试过进入禁区，但每次都会迷路，然后再度走回到禁区外面。星使划下禁区后，用某种神秘的科技让人无法窥探禁区的秘密。”求叔说。

长生问：“你为什么会试着进入禁区？”

求叔的脸上有着复杂的神情：“我们的家就在禁区里啊。这两个月里，我经常在半夜里惊醒，心中空荡荡的。我总觉我和周围的一切隔着一层雾。医生说我是得了自主神经紊乱症。但是，总有一个声音在我的心底回荡着，让我去禁区看一看。”

长生指着山边的一条被野草淹没的小路：“从那里可以去大河边上的栈道。那些栈道虽然很少有人走，但也是一条去苗寨的路。”

求叔摇头：“我试过，走不过去。”

长生拍了拍机器兔的金属外壳：“让我的机器兔带我们去。人会迷路，机器兔不会。”

求叔看着长生明亮的眼睛："那就试试吧。"

两个人握着机器兔的手，一前一后走在荒芜的山道上。行走时，野草划过脸颊痒痒的。

长生紧紧握着机器兔的手低声说："我一定会找到爸爸。"

机器兔用和爸爸一样的声音对长生说："当然。我的长生。"

机器兔带着长生和求叔在荒草里前行。冷风吹过，阳光稀薄。求叔心中害怕，总觉得草丛里会蹿出什么野兽。

"长生，这里不安全。那些栈道年久失修，寨子里的人都坐船出来，只有那些去山间采药的人才走栈道。"求叔说。

长生微微低下头，像是在倾听现实中不存在的风雪声："我知道爸爸在等着我。"那是父女之间无法说清的牵绊。她昨夜梦到了逝去多年的妈妈为她庆祝生日。那样的温馨快乐让人沉溺，却也显得古怪。

求叔不懂长生的意思，他放低了声音："你爸已经去世了，你要开始新的生活，不要乱想。"

长生抬头盯着求叔，声音低缓："星使的飞船坠落引起的事故让事发地和附近都被划为禁区。但是，什么样的科技能在一个月里建造出那么多的货运飞船？我的机器兔为什么能设定出爸爸的声音？刹那镇为什么最近一个月的每个傍晚都下雨？"

求叔只觉得脑袋发晕："为什么？"

长生有些古怪地笑笑："也许包括你，都是我的梦。飞船坠落后，我并没有真正醒来。"

长生想了想，又说："又或者所有的人，爸爸、我、你、繁花姑姑，都在一个星使创造的梦境里——"

"你是说，禁区里或者说禁区外的人都睡着了？这怎么可能？"求叔笑了起来。

四周再度变得卡顿，被风吹拂的野草也停止了晃动，求叔化为白色的光点消失在了原地。

长生知道自己没那么容易醒来。她握紧机器兔的手：“去栈道，然后牵着我的手往苗寨前的三折段的位置走。”

长生闭上眼，跟随机器兔往前走。她觉得自己仿佛走在结了一层薄冰的海水上，每一步都会坠入深渊。

时间变得没有意义。绝对的黑暗和寂静里，长生渐渐听到了微弱的流水声。这是大河的声音。从出生到现在，长生听过无数次的大河的声音。它养育了远道而来在这里扎根聚集的苗人。它美好圣洁，是苗人的母亲河。

微弱的大河的声音渐渐变得清晰响亮。

“意识脱离人工梦境，正在苏醒！”

“群体人工梦境扰乱，能量采集停止，修复终止！”

五、苏醒

长生握着的机器兔的手在一瞬间化为乌有。她觉得寒冷，身体沉重无力。在清晰的水声里，长生竭尽全力睁开了眼睛。她坐起身来，发现自己穿着橘色救生衣躺在河滩上。

不远处的河水里，飞碟歪斜着插入河床。它光洁的灰色表层上有着几道深深的裂缝。整个飞碟隐隐发光，像是沉睡的怪物。

长生吃力地站起身来，在岸边草坡上发现了昏迷的父亲。长生跑了过去，带着哭音喊着他。她看着父亲的眼珠子在眼皮下快速动了动，然后缓慢地睁开双眼。

“长生，别哭。”林华说。他被女儿的哭声从梦中唤醒。

长生紧紧地抱着林华，痛痛快快地哭了起来：“爸，我冷。”

林华有些错愕地低头看着颤抖痛哭的女儿。他想起了自己那古怪的梦境。他一边安抚女儿，一边望向大河。一辆大巴车那么长的灰色飞碟在大河里斜斜插着，这可不是什么常见的飞行物。

林华艰难地站起身来：“我去叫醒其他人。”林华打算回苗寨。苗寨距离草坡没多远，从这里爬上旧栈道，半小时就能回苗寨。

林华和长生陆续找到了其他四个昏迷在河道旁草滩上的人，将他们摇醒。

林华从羽绒服里掏出手机，没有信号。他心情沉重地听着长生讲述她的遭遇。长生说所有的人都被带入了飞碟制造的梦境，她挣扎着醒来，也叫醒了他。

离奇的是，林华梦到自己在全自动车间里被拼装成机器兔，然后运到了繁花居住的小区。他变成了家用机器人，按照程序的设定照顾长生。他不能说出任何预设程序之外的话。

长生又看了一眼河道里的飞碟。从天外而来的巨兽在大河里蛰伏，却能将附近的人都送入梦境，扭曲时间的流速。它的目的是什么？它会不会再度不知不觉间让醒来的人们再次入梦？

发光的飞碟发出了奇异的声音，像是鲸的吼声，带着古老时代的荒蛮苍凉。

更加明亮的光线宛如金色岩浆一样从飞碟的裂缝里流淌了出来，无视地球的重力规则，在河面上如发光的丝绸一样延展，伸向了站在草坡上观望的人们。

长生的呼吸变得急促，心中发烫。她知道，飞碟在召唤着她。

林华抱起女儿就向着草坡的更高处跑去。他们四周的树在视线里发生了古怪的错位，然后开始飞速地生长和凋谢，仿佛四季在短短几秒钟里就度过了。

金色的岩浆如鸟儿的翅膀一样轻盈地掠过，笼罩住了长生和林华。下一个瞬间，他们从原地消失，然后出现在了飞碟的内部。

原本巴士大小的飞碟内部无比广阔，看起来更像是一处广阔的地下溶洞。无数发光的石柱犬牙交错，从洞顶向下延伸。长长短短的石柱之间是肉眼可见的细小的金色闪电。洞穴斜上方有着深深的裂痕，裂痕的背后是涌动的星云。

这飞碟从外部看是斜斜栽在河道里，从内部看却是在宇宙里漂流。

水桶大小的金色光球从高处缓缓落下，它以某种方式搭建了和林华父女的意识桥。它就是星使，银河系亿万星辰的观察者之一。

星使的飞碟在太阳系边缘遭遇了事故，它跌跌撞撞躲开了木星巨大的引力，摇摇晃晃擦过火星，最终抵达地球，跌落在群山之间。星使一直试图修复飞碟核心，还是没有成功。令星使惊讶的是，人类的意识活动居然能够修复飞碟上的裂缝。

六、观察者

处于绝境的星使利用残余的能量建造了一个人工梦境，将这20千米内的所有人拉入同一个梦里。飞碟依赖数千人的梦境来修复破损的核心。这一切发生了短短10多分钟，梦境里却过去了两个月。

只是，星使没想到的是，长生居然能够从梦里醒来。她是特别的人，拥有信使的天赋，能够连接和打破意识流动的能力。

林华牵着长生的手问：“所以，你将我们带进这里是为了什么？”

“我需要你们的帮助。我将付出报酬。”金色光球在半空中浮动，裂缝外的星云带着超凡脱俗的魅力。

林华并不相信星使。它建造人工梦境，利用人们的意识修复核心时没有征询任何人的意见。飞碟坠落时掀起的波浪将船掀翻，星使也没有采取任何救援行动。被河水打湿衣物的人昏迷不醒，几小时后就会失温死去。

一股陌生的信息钻入了长生的意识深处，那是关于廉价飞船和机器兔的制造流程。

长生和父亲商量。

林华问星使：“你需要我们做什么？”

“你的女儿拥有异于常人的信使的力量。我的飞船的核心修复了一点，所以我探测到在不远处的深深的地底沉睡着一只星兽，它的意识能量无比庞大。我只需要长生充当我和星兽之间的信使，和它打个招呼。”星使说。

长生问：“星兽？”

星使那金色的光球出现了一抹光影：那是一条红色的沉睡的巨龙。它躺在岩洞里，呼吸时鳞片隐隐发亮。

长生惊讶地看着红龙：“这里的地下居然有一条龙！”

“星兽强大无比，这颗星球应该是它的母星。所有诞生过星兽的星球都不能入侵，这是星盟的法则。星兽能帮助我修复飞船。在修复完毕后，我会利用行星的引力弹弓，飞出太阳系，继续我的观察记录之旅。”星使提及星兽时充满了敬畏。

小小的金色光点如萤火一般升起，围绕着林华和长生。长生没忍住戳了戳眼前的一粒光点，她看到了陌生星球的掠影：那是一个布满液体的星球，巨型透明水母在大气层成群结队飞行着。

长生忍不住又戳了一个金色光点：这颗星球上到处都是宝石。生活在这里的智慧生物是一种二维生物，能在宝石之间投影穿行。

星使说："这些都是我观察和记录过的星球。它们是宇宙的美的具象。"

长生问："我该怎么做？"

"用双手捧住我。"金色光球缓缓落向长生。

长生捧着金色光球，就像捧着一颗星星。她的意识在瞬间伸展，对附近20千米以内的一切都了如指掌——河流里的每一条鱼，山林里的每一只鸟儿，刹那镇每一个沉睡的人，以及他们的生命历程。

长生带着星使进入了红龙的梦，梦里的一切在飞碟从大河里漂浮起来后，长生就忘了。星使说知道得太多不一定是好事。

父女俩坐在行驶的船上，衣服干爽，其他四个人也在船上。时间点回到了飞碟坠毁之前。

此时的大河两岸翠绿夹杂着金黄枫红，岸边低俯的树上有一些黄叶随风飘落水上，荡漾在碧波里。

长生握着林华的手，眼中有千言万语。

林华低声说："别怕。"

"我们会不会还在星使建造的梦里？"长生问。她的脑海里还有廉价飞船和机器兔的制造流程，庞杂无比，步骤清晰。

林华沉默了几秒。他看着金色阳光里的女儿，摸了摸女儿的发顶："……只要我们在一起就好。"

长生看着船舷边奋力泅水渡河的小青蛇，看着那层层叠叠的波浪，脑海里掠过裂缝外那些瑰丽的星云。

波浪无处不在。

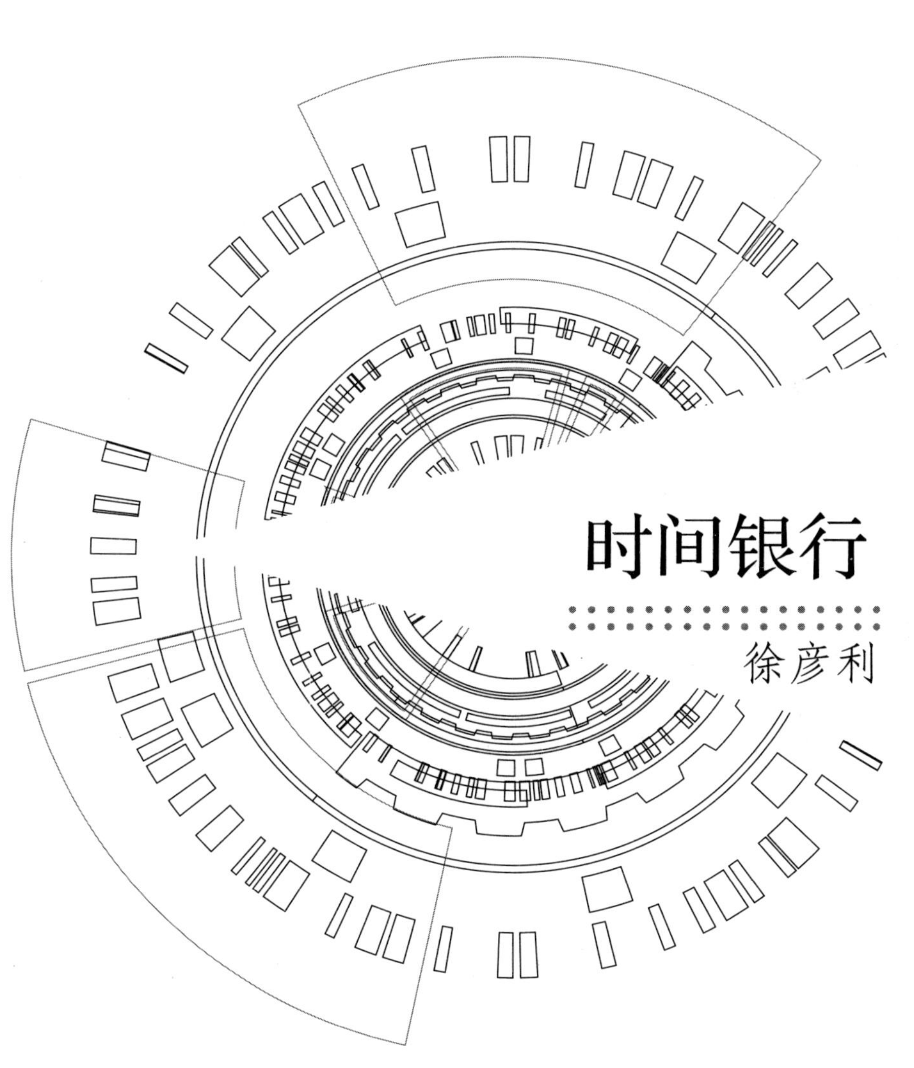

时间银行

徐彦利

艾米喜欢收集东西，这对一个12岁的女孩儿来说再正常不过了。她的卧室简直是一个小型仓库，高高地摞着好几个大小不一的整理箱，里面分门别类地放着各种杂七杂八的东西。电光球、魔法棒、芭比娃娃、小手链、吊坠、水晶珠子、书签、钥匙扣，甚至还有生日蛋糕盒上的丝带。总而言之，无论什么她都会小心地收藏起来。与其他孩子不同，艾米非常喜欢整洁，每次玩过后都会把东西一一放回原处，否则她的房间不成垃圾堆才怪。

艾米家的旁边新搬来一户邻居，大件小件地往隔壁那栋房子里搬着东西。这家人看上去有点奇怪，一脸严肃的白胡子爷爷带着一个和自己年龄差不多大的女孩儿。女孩非常漂亮，长着可爱的、圆圆的脸，以及一头金黄卷曲的长发，像极了橱窗里的人偶娃娃。她怀里抱着一只长腿鹭鸶毛绒玩具，怯生生地站在大门口，看着工人们一趟趟往里搬。

“你是刚搬来的吗？叫什么名字？来我家玩吧！”艾米热情地招呼女孩儿，同龄女孩子一起玩儿是最开心的。

“好的，谢谢你！我叫康妮。”女孩子虽然很害羞，但还是跟着艾米来到家里。艾米慷慨地把她的宝贝全都拿出来，和新朋友玩得不亦乐乎。

康妮性格温顺，少言寡语，艾米则恰恰相反，爱说爱笑，热情奔放，两人玩起来非常默契，不到三分钟已经成了无话不谈的好朋友。

“你们为什么搬到这里呢？你会到我们学校上学吗？”艾米好奇

地问，她非常希望康妮插到自己的班里，这样两个人上下学就可以做伴了。

“应该会在这儿上学吧！但时间可能不会太长，我外公总是不停地搬家，他研究的东西是国家禁止的，所以都是偷偷研究，一旦被人发现就得马上搬家。”康妮已经把艾米当成了家人，并不对她隐瞒什么。

“国家不允许的研究？那会是什么呢？”艾米不明白，在她简单的头脑中，“研究”是一个高级的词，一定会带来好处，为什么要禁止呢？

“我也不知道，反正我觉得在这儿也待不了多久，外公说再过几年就不搞科研了，找一个风景优美的地方住下来，那时候我们就再不用搬家了。”虽然第一次见到艾米，但康妮真心喜欢这个新朋友，很想自己能在这儿长久地住下去，不要再像飘蓬一样搬来搬去的。

两个女孩儿开启了如胶似漆的友谊，无论白天晚上、上学放学总要黏在一起，说说笑笑，嘀嘀咕咕，真不知道她们怎么会有那么多话要说。康妮搬来时橡树刚刚抽芽，现在都已结了沉甸甸的橡子，两人的友谊像不断被砌起的城墙，越来越长，越来越坚固。

艾米的舅舅来了，给她带来一个会吐舌头的小丑玩具，只要听到人的笑声就会伸出舌头做鬼脸，所以艾米一直努力地笑，笑得腮帮子都疼了。这个玩具康妮肯定也喜欢，不如拿给她看看。艾米拿着小丑高高兴兴地向康妮家跑去，还没进门，康妮却从屋里迎面走了出来，脸上一副惊慌失措的表情，手上拿着一个大大的盒子，似乎正要去艾米家。

“亲爱的艾米，我们又要搬家了，外公上了科学家黑名单，很快就会有人找上门来，这次我们要搬到偏远的西部了。”康妮哆哆嗦嗦地说，被吓坏了。让这单纯的女孩儿承受这种颠沛流离之苦实在太不应该了，虽然艾米听不懂搬家的原因，但有一件事再明白不过，康妮马上就要离开这里。

“这个是外公前几天送我的生日礼物——‘时间银行’，可以把多余的时间存进去，会有利息，也就是额外赠送的时间，存到一定额度或期限就能支取了。这是爷爷研究出来的，但它是非法的，我一次都没玩过，现在转送给你留作纪念吧！看到这个希望你会想起我。”康妮说着，漂亮的大眼睛里流下亮晶晶的眼泪。天知道这次他们会搬到哪里，说不定两个人再也见不到了，就像被风吹走的风筝，再也不会相聚。

如同把自己身上的皮肤硬生生地揭掉，康妮匆匆的离别对艾米来说简直是一场灾难。她为此病了好几天，常常一个人到隔壁那栋房子去看，但是人去楼空，她再也没见到那温柔可爱的好友。从此后康妮杳无音信，好像她从来不曾来过，除了那挥之不去的记忆一直伴随着艾米。噢，对了，还有那个叫作“时间银行”的礼物，那是她们友谊的唯一见证。

时间银行！对了，还有这个呢！这是怎样一个礼物呢？艾米把康妮送的礼物盒拿过来坐在沙发上，撕掉外面的包装纸和蝴蝶结，里面是一个浅蓝色的小水桶。水桶上面呈坡状，一边高一边低，还严严实实盖着盖子，盖子上写着“时间银行”的字样。打开盖子，低的一侧是一排蓝色按键，高的一侧则是一块长方形的屏幕，右边是从0到9共10个数字。艾米小心地按了一下“POWER”键，机器启动了，小水桶发出嗡嗡的声音，似乎开始运转。紧接着电子屏幕也亮了，上端显示出一行字：“请输入您要存入的时间”。这些字闪烁三次后，显示出当下的时间：2045年10月15日20时45分29秒，下方则闪动着“请输入截止时间”，随之右边的数字键也亮了起来。

艾米觉得十分好玩，想了想，试着按照年、月、日、时、分、秒输了10分钟进去，当她输完并按了确认键后，觉得头微微晕了一下，有点像坐在飞奔的汽车上猛然刹车的眩晕感。她扶住沙发，定了定神，回头看了看墙上的壁钟，显示着20点55分。咦？真的能存入时间，刚刚的10分钟好像已经进入这个小水桶里了。她有些兴奋，那么再多存些进去会怎么样呢？

她又在屏幕上输入了10个小时，将截止时间设为第二天早上的6点55分。刚输完她的头又开始晕了，这时听到妈妈在厨房里大声喊："艾米，起床吃饭了，一会儿校车就来了。"

艾米应声而出，她觉得奇妙极了。刚刚全家还在沉睡，输完时间后却马上一幅晨起的景象，妈妈在做早餐，爸爸在露台上举哑铃健身，哥哥不等校车自己骑车上学去了。真是太有趣了，这10个小时就这样凭空消失了，像水渗入地面又被太阳晒干一样了无踪迹。难道自己拥有了这种左右时间的超能力吗？那岂不是成了神话中的女巫？

但是第二天上课她却困得睁不开眼睛，当时想都没想就把10个小时痛快地存入了小水桶，从没想过这10个小时对自己的意义，以至于整个晚上一分钟也没睡。这个恶果使得她一个上午都在打瞌睡，被各科老师轮番提醒。以后不能一口气存入太多时间，这样太影响生活了。

时间银行十分好用，存入的时间可精确到秒，但存入后想反悔取消是不可能的，时间会嗖的一下直接来到你输入的截止点，那些被存入的时间会干净、彻底地在你眼前凭空消失。

那么能否存入未来的时间呢？明天上午第二节的数学课是她最讨厌的，她不仅不喜欢这门枯燥无味的课，而且更不喜欢数学老师，他说每句话都会在后面加上一句“你们明白了吗？”，好像全班同学都是傻瓜一样。一节课下来，这句话会被无数次重复，听得人难以忍受。如果把上数学课的时间存入银行会怎么样呢？

想到这儿艾米激动起来，能躲过一节自己讨厌的课简直像节日一样。她琢磨了好久，反复试验，终于发现时间银行有这种预存功能，可以把未来的某段时间输入进去，她的手几乎有些颤抖地输入了数学课的时间。

第二天，从第一节的语文课开始艾米就紧张起来，下节课马上就是数学了，时间真能跳过去吗？如果能跳过去，以后所有的数学课不是都可以如法炮制了吗？岂止是数学课，所有自己不喜欢的时间是不是都可以存到银行里，不用再慢慢经历了呢？她攥紧拳头，顾不得听讲，忐忑不安地等待着。课间的时候她都没有心思和同学们玩，连同桌安娜伸过头来和她聊自己家的小狗她都心不在焉，惹得安娜很不高兴，扭头和别人聊天去了。

上课铃响了，熟悉的眩晕感再次光临，这种感觉让艾米难受地握紧拳头，但为了更重要的目的又必须忍耐。她用手托着头，紧闭双眼勉强支撑着。此时，地理老师抱着教案、教具笑吟吟地走了进来。成功了！这是第三节的地理课，第二节的数学课已经成功地跳了过去！耶！

艾米怀着极大的兴趣探索着时间银行的使用方法和奥秘，不厌其烦地试验着各种性能，现在只有一个小小的红色按键不知道是干什么的，怎么按都没有用，其他的都已了如指掌。时间银行成了艾米的法宝，所有不喜欢的时间都可以存起来，放到小水桶中。至于那些丢进去的时间会怎么样，能不能增值？有没有利息？她一点儿也不关心。时间银行上似乎也没有取出时间的功能，但只要能把所有不愉快、不喜欢的时间丢进去就足够让人高兴了。

她越来越发现自己有许多时间都不喜欢，父母吵架的时候、被哥哥欺负的时候、和安娜闹别扭的时候、作业太多写不完的时候、期末考试的时候……这些时间对她来说都是极其讨厌的，恨不得马上跳过去。她无数次拿过时间银行，将这些令人厌恶的时间一一输进去。

时间银行真是一个冷血的机器，没有任何情感，从不阻挠艾米的行为，任她源源不断地把时间或多或少地存进去，仿佛那是一个不限容量的无底洞，即使把所有的时间都放进去，也不能将它填满。它冷冷地看着这任性的小姑娘随意支配着自己的时间，大把大把地把它们丢进去，像丢垃圾一样。

妈妈病了，病得很严重，从精力充沛每天唠叨不停到卧病在床生活不能自理，似乎是转瞬之间的事。爸爸奔波在医院和家之间，既要照顾妈妈，又要照顾她和哥哥，很快便满脸沧桑，一身疲惫。每天当爸爸把简单的三明治递给她当作早餐时，她都会想起妈妈做的丰盛的早餐。换季时妈妈会提醒自己加减衣服，不要感冒，作业要按时做完，圣诞节还会亲手给自己做礼物，现在自己却再也感受不到她的关心了，哎，真想让这可恶的时间赶快过去。

她忍无可忍，索性在时间银行中输入了两个月的时间，这是有史以来输入时间最长的一次，但愿这段时间能够把妈妈生病的事跳过去，等两个月后，妈妈已经痊愈，全家依然继续那种幸福快乐的生活。输完时间后，她长长地松了口气，蹑手蹑脚来到父母的房间，看看他们在干什么。

房间里拉着窗帘，只开着一盏微弱的床头灯，爸爸坐在床上，床上满是横七竖八摊开的相册，他正戴着花镜一页页翻看。奇怪，妈妈不在里面，这么晚了她会去哪儿呢？看到女儿进来，爸爸并没有吃惊，反而长长叹了口气。

“孩子，不要太思念妈妈，她会在天堂看着我们、保佑我们的。”

什么？妈妈去世了？艾米像挨了狠狠的一记闷棍，又惊又痛，说不出话来。她用一个手指操作，简单地存入了两个月的时间，没想到在这两个月中，妈妈竟然已经离她们而去？自己竟然没有见她最后一面，也没有照顾过她一次，哪怕一杯水也没有倒给她。艾米呆呆地回到自己的房间，抑制不住内心的悲痛，放声大哭起来。她是那么爱妈妈，非常非常爱，她只想妈妈两个月后能够自然康复，却没想等来的却是诀别，早知道这样何必存入那么多时间呢？

但是时间银行似乎会让人上瘾一般，艾米已经越来越不能忍受痛苦的日子，她无法停止将那些难耐的时间存到水桶里，让它们不再折磨自己。老师训斥的时间、可怕的升学考试、无聊透顶的体育比赛、不想去的修学旅行……总之，所有痛苦、无聊、委屈、难熬的时间统统被扔进时间银行，这对她来说是一种解脱。只是，这样下来时间过得太快了，从她12岁得到时间银行的那天起，几乎飞也似的进入17岁。那些被避开的数学课、病痛、被误解、被批评、被鄙视的时间，全都荡然无存。只留下美好的、舒适的、令人愉悦的时光，但是这种时光与痛苦或平静的时间相比，实在少得可怜。

蓦然之间艾米将要从一个懵懂的少女变成独立的青年。晚上，艾米趴在桌上惆怅地想着心事，并没有启动时间银行，但桌旁的小水桶却发出了嗡嗡声，指示灯也自动亮了起来，机器似乎自己启动了。屏幕上闪烁着一行红色的字：“您存入的时间已达上限，是否取出？如欲取出请按红色键。”她心里一惊，无论自己原先怎么尝试，都没能取出存入的时间，没想到现在银行竟然自动提醒了，红色键原来是支取按键。

艾米有些战战兢兢地按下了红色键，没想到墙上的壁钟开始疯狂地倒转，丝毫没有停下来的迹象。她掀起窗帘看看外面，街道上除了幽暗的路灯空无一人，过一阵再次掀开看看，依然漆黑一片。整个世界仿佛进入了末日，所有人都睡着了，只有她一个人醒着，这种感觉实在太可怕了。她无数次走出房门、打开家门、走到街上，然后折回来，接着再走出家门来到街上，如此反反复复，四周的黑夜却始终不变。这么多年来，不知道自己究竟存入了多少时间，这些时间难道统统都会用来延长这个夜晚吗？她后悔不该按下那个要命的红键，早知如此，她绝不会这么草率。

漫长而无尽的黑夜中，艾米经历着人生的至暗时刻，她所有存入的时间加上利息统统给了这个难熬的夜晚，把它拉伸成月甚至于年，而她此时此刻的恐惧与无奈也被无限地拉长了，这么漫长的时间她该如何度过？

她终于意识到任性的生活多么可怕，那些自己不喜欢的时间原来都是生命中不可或缺的部分，所有的酸甜苦辣全部经历后才是真正的成长。当人可以自主选择时间后，生命也便失去了原有的意义。她呆呆地注视着窗外无边的黑暗，用这无尽的时间反复思索着过去的日子，那些被她厌恶、忽略、抛弃的时间，正疯狂地报复着她曾经的任性与随意。

夜，还在延伸；壁钟，还在倒退；艾米的心，也在无尽的深渊中痛苦地挣扎。她下定决心，天一亮马上扔掉这恐怖的玩具，把它深埋在地下，让它远离所有人的生活。未来应该面对的时间，她再也不会跳过，哪怕一分一秒。

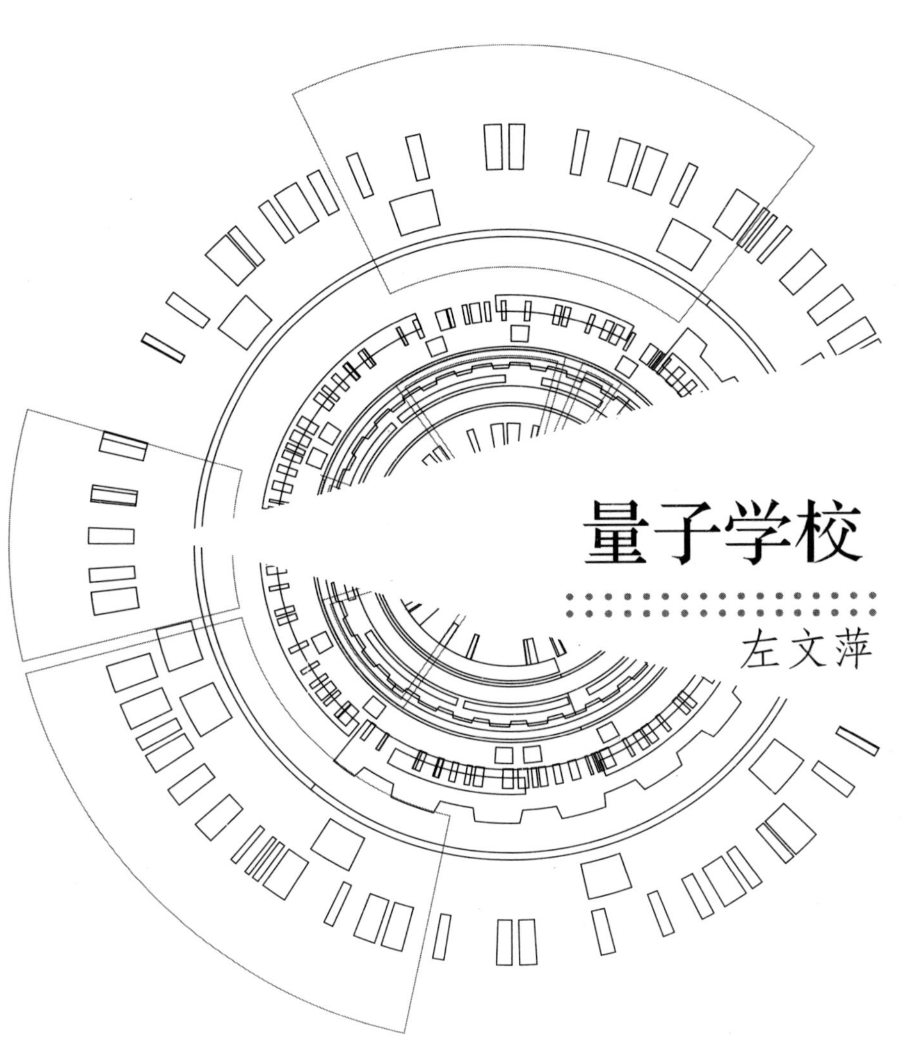

量子学校

左文萍

林闹和豆芽菜

林闹十二岁了，人不如其名，不但不爱闹，反而文文弱弱的。体育课测短跑，林闹还不如同桌丽丽跑得快。

林闹个子一点也不矮，都快一米七五了，穿上正装可以冒充成年人。但林闹的胆子一点也不大，怕蜘蛛，怕老鼠。有一次上课，一只黄蜂飞到了林闹的铅笔盒上，他尖叫了起来，把老师都吓了一跳。

有一天吃午饭，丽丽夹起一根绿豆芽，打量着细细高高的林闹："你看，这像不像你呀？"尽管林闹知道丽丽人很好，只是爱开玩笑，但自己还是落下了一个绰号——"豆芽菜"。

林闹的老爸不乐意了。老爸军人出身，长得跟铁塔似的，实在看不惯儿子这副德行："我看啊，再不把身体练壮点，你改名叫林黛玉算了。"

老爸雷厉风行，为了改造儿子，他在这个暑假前就找好了一家寄宿制的体能训练学校，叫葵园体能学校。这所学校远离城里，建在郊区的葵花镇。葵花镇四面环山，山上开着大片的向日葵。葵园体能学校虽然偏远，但据说请的体能教师都是人才，还有退役的亚运会拳击冠军呢。

林闹倒不反对，甚至有点期待。毕竟哪个男孩子不想练出一身功夫，变得又高又壮很威风啊。

于是，林闹说："老爸，你去送我吗？"

老爸摇摇头："我最近要出差，我给你找了个人——你的远房表叔，姓牛。他是葵花镇的村民，你坐公交车到了镇上，他会来接你，把你送进山里的学校。”

林闹有点不踏实：“我没见过牛叔叔啊，老妈不能送我吗？”

老爸两眼一瞪：“快一米八的男子汉了，还需要妈妈送？”

林闹吐吐舌头，不敢说话了。他心想，算了，自己去就自己去吧，坐个公交车而已，总不至于迷路吧。

葵花镇

林闹坐着一辆破旧的小巴士，从城里一路颠簸，胃里的酸水直翻涌，终于来到了郊区。

下车之后，首先映入眼帘的，是镇口的几棵金色的向日葵。

林闹走下车，却发现镇口一个人都没有。他有点慌，掏出手机，正想给老爸打电话，却发现这里没有手机信号。

林闹的心里“咯噔”一下。这时，他的身后忽然传来了一声低沉的牛叫声。

林闹一回头，只见一位戴草帽的叔叔牵着一头大黄牛向他走了过来。草帽叔叔很精瘦，皮肤被太阳晒成了古铜色，一看就是经常在农田里劳作的人。

草帽叔叔打量着他：“你就是林闹吧？”

林闹点点头：“您是牛叔叔？”

草帽叔叔笑了笑：“对，你爷爷是我二大爷的表哥。论辈分，你是得叫我一声叔叔。”

林闹笑了笑。

牛叔叔看看天：“本来，我是想让你吃点东西再走。可你爸叮嘱我说，一定要尽早把你送到学校。等天色晚了，山里不好走。”

林闹只好说：“行，我不饿，那我们快走吧。”

牛叔叔把大黄牛拴在镇口的柳树上，搓搓手：“那走吧。”

没想到山路那么难走，甚至都算不上一条路。路面上到处都是石块和突出的树根，一不小心就会被绊一跤。

没多久，林闹已经气喘吁吁：“牛叔叔，还有多远啊？”

牛叔叔指指前方：“看到那个隧道了吗？穿过隧道，再走一个多小时就到了。”

林闹傻眼了。

牛叔叔打量着林闹：“走到隧道口，咱们就歇歇脚。”

林闹咬咬牙，跟了上去。很快，他们走到了隧道口。

站在隧道口，一股阴凉之气扑面而来，倒是吹去了不少暑热。

牛叔叔递给林闹一个水壶：“这个隧道特别短，原来是镇里挖矿建的，后来废弃了。你在这歇歇，我去那边方便一下。”说着，牛叔叔向葵花深处走出，身影消失了。

林闹在隧道口找了块大石头，坐了下来。旁边有一株向日葵，花朵开得正好，金色的花瓣就像浸满了阳光。林闹喝了口水，才觉得缓过了一口气。山里可真静啊，只能听到虫鸣和鸟声，满眼都是鲜花绿草，让人心里都宁静了下来。

林闹欣赏着山里的景色，不知不觉已经过了好久。

可是，牛叔叔怎么还不回来，难道吃坏了肚子？

林闹有点不踏实，叫了起来：“牛叔叔！”

没有人回答。

林闹站了起来，提高嗓门：“牛叔叔，您在哪？”

仍然没有回音，只有青蛙的“呱呱”声附和着林闹。

林闹有些慌神，朝葵花丛的方向走去，一边叫着牛叔叔的名字，可是仍然得不到任何回复。

这时，天色明显暗了下来，山里刮起了风。

这风刮得奇怪，来的时候微弱，却很快变得强势，呼啸着，卷起了地上的沙土，劈头盖脸地席卷了林闹。林闹赶紧闭起眼睛，用胳膊挡住口鼻。

可风势愈演愈烈，林闹只觉得耳边都是呼呼的风鸣，自己快站不稳了，双手在空中盲目地挥舞着，想抓住点什么东西。山上似乎有巨石滚落的声音，他害怕极了，却睁不开眼睛，混乱中感觉用手抓住了一株向日葵。可向日葵承担不了他的重量，林闹竟然被卷入了风眼之中，像在狂暴的大海上颠簸的小独木舟，身体都快被巨浪撕裂了。

在极度无助和恐惧中，林闹混沌的大脑中重复着一句话：我完了。接着，他渐渐失去了意识。

消失的女孩

林闹醒来的时候，首先恢复的是嗅觉，鼻腔里似乎充满了浓郁的花香。

林闹睁开眼睛，第一感觉是躺在一片向日葵的花海之中。但他坐起来，定睛一看，又不大对劲。

身边都是一些金色的植物，一人多高，没有向日葵的花朵，通体都是一根根毛茸茸的柱子，就像自己小时候吃过的零食，那种从爆米花机器里爆出来的玉米棍。

林闹伸手去摸最近的那棵植物，触感软软黏黏的，缩回手，手上沾上了许多金黄的粉末。林闹赶紧拍拍手，这些粉末很难去除干净，他又使劲往衣服上蹭了蹭，手指上仍然沾着些金色。

这是哪儿啊？这些奇怪的植物又是什么？林闹拼命回忆着，只记得最后一个画面是自己被大风卷了起来。难道，他被刮到了一个陌生的地方？

林闹既害怕，又好奇。这时，他忽然发现这片金色植被的不远处，矗立着一座白色的小楼。

他精神一振，这会不会就是葵园体能学校？

林闹站起来，朝着小楼的方向走去。地面的土壤也是淡黄色的，覆盖着厚厚的金色碎屑，很快，他的鞋底也被染成了黄色。林闹顾不上清理，走到了小楼前，松了口气。

这是一座石头建成的小楼，看着很新，应该有人住在里面。林闹面前的这堵墙上没有门窗，他沿着墙走到了另一侧，仍然看不到门窗。林闹围着小楼整整走了一圈，奇怪了，怎么会没有门？

林闹站住，再次上下打量这座小楼，大概有三层那么高，用非常整齐的石砖砌成，可是，竟然浑然一体，没有任何门可以进入。

林闹的心里又泛起了嘀咕，难道这里有地下通道？这……该不会是一座古墓吧？

正在他寒毛直竖的时候，远处走来了一个女孩。女孩皮肤很白，大眼睛亮晶晶的，脸上没有表情，穿着一件白色的连衣裙，裙子的表面泛着金属的光泽。

女孩走了过来，好奇地看了林闹一眼。

林闹赶紧问：“你……你好，这里是学校吗？”

女孩点点头，然后穿墙而入，消失了。

林闹惊呆了。等他反应过来时，才确信女孩竟然穿越了石墙，消失在了他的面前！这可是石头墙，不是一块豆腐，更不是一片烟雾，女孩是怎么做到的？

林闹的惊讶已经压倒了恐惧，女孩不会是个什么精灵吧？她现在会不会遇到了危险？

这么想着，林闹抬起一只胳膊，用手去触摸墙壁。

手指没有受到任何阻碍，消失在了墙壁里。

奇怪的餐厅

林闹吓得叫了起来，迅速把手缩了回来。

他举起手仔细看看，还好，手完好无损。可刚才是怎么回事？

林闹鼓起勇气再次伸出手，小心翼翼地触碰墙壁，他清楚地看见自己的手指消失在了墙壁中。随着胳膊继续向前伸，小臂也消失了。这个画面很诡异，看起来，墙壁没有破损，胳膊也没有流血，就像是完美地嵌入了墙壁之中。

林闹深呼吸一口气，整个人向前跨了一步，往墙壁的方向扑了过去。瞬间，林闹感觉像是穿过了一团胶质的果冻，一下子跌入了另外一个世界。

这时，林闹惊魂未定地发现，自己竟站在一间宽敞的餐厅里。许多跟他差不多大的孩子都在品尝食物，或者端着饮料交谈，没有人注意到他，除了刚才的那个白裙女孩。

女孩坐在离他很近的一把椅子上，看着他："你是新来的？"

林闹不知该怎么回答，只好点点头。

女孩笑了，整张脸顿时变得像春花一样灿烂："难怪，坐下吃东西吧。"

林闹先用手摸摸椅子，还好，是个坚硬的固体。他小心翼翼地坐了下来。

女孩从旁边的食台上端了一杯饮料和一碟点心，放在林闹面前。

林闹稍微松了口气："谢谢，我叫林闹，你叫什么？"

女孩说："我叫微微。"

林闹点点头："微微，请问这里是什么地方？"

微微说："当然是学校啦！"

林闹愣了愣："我也是来找一所学校的，我爸爸让我训练体能，你们都是这里的学生吗？"

微微说："这里只有这一所学校，我们有体能课。我想，你找的应该就是我们的学校。"

林闹还是觉得匪夷所思："可……可是我觉得，这里太奇怪了。你知道吗？我是被一阵大风刮到这里来的，而且这里的植物我也没见过。还有，为什么我们能穿墙而过呢？"

微微同情地看了他一眼："林闹，你一定是被大风刮晕了，先好好休息一下，我再带你熟悉新学校。"

林闹的脑子一片混沌，低下头看着桌上的饮料。这看上去就是一杯冰橙汁，杯底有几个冰块，奇怪的是，这几个冰块却在不停地碰撞着，就像有了生命一般。他甚至很难看清冰块的具体形态，只能看到一些动态混沌的影子。

林闹的眼睛瞪得大大的，这杯橙汁疯了吗？冰块怎么会自己动起来？

林闹用疑惑的眼神看向微微。微微的脸上没有任何异样，用叉子叉起一块布丁，送进了嘴里。忽然，微微皱了下眉头，低头一看，那块布丁竟然出现在了地面上。

微微无奈地摇摇头，不以为意，重新叉起一块布丁放进嘴里，这才咀嚼了起来。

刚才，林闹明明看到微微把布丁送进了嘴里，可是，布丁竟然完好无损地出现在地面上！

林闹使劲掐了自己一把，生疼。

微微奇怪地看了他一眼："你脸色不太好，是不是屋里太憋闷了？我带你去训练场上透透风吧！"

林闹点了点头，也许他的脑袋真的需要吹吹风。

怪异的滑雪场

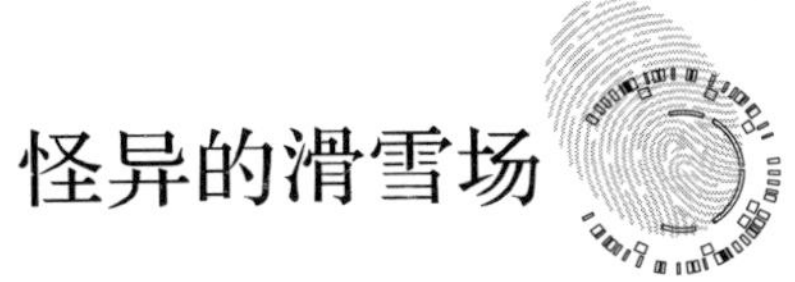

林闹和微微穿越墙壁，走到了户外。

对于穿墙这件事，林闹已经渐渐有点习惯了，但他还是觉得这里的一切事物都那么奇怪。

微微说："看你的样子，好像有心事啊，是有很多疑问吗？"

林闹点了点头："我觉得这里真奇怪。楼上没有门，人们竟然能穿墙而过。杯子里的冰块自己会动，你吃进去的布丁竟然会在地面上出现……"

微微宽容地笑笑："这些很正常啊，不过，每个新生都会有些疑问的，等你习惯了就好了。你不是想进行体能训练吗？走，带你滑雪去！"

听到滑雪，林闹心情好了些，这是他为数不多的比较擅长的运动了。微微带着他，爬到了一座小雪山的顶部："这些都是人造雪，更衣室在那边，你选合适的滑雪服来穿吧！"

林闹和微微各自换好了滑雪服，在山顶上集合。

他们互相点点头，默契地撑了一下滑雪杖，然后就踩着滑雪单板像两只轻巧的蜻蜓一样滑下了山坡。林闹的心情也开朗了起来，这所学校除了有些奇怪，但条件还是不错的嘛，竟然有滑雪场！

正在这时，林闹突然发现，微微的正前方出现了一棵小树，正好拦在她的滑道上！

林闹惊叫了一声：“小心！”

可是以微微飞快的速度，想要避开已经来不及了！

林闹吓得闭上了眼睛，他实在不忍心看到微微被树撞飞的惨状。可等了一会儿，他似乎没有听到撞击声。

他只听到微微清脆的喊声：“林闹，快跟上！”

难道微微躲过去了？林闹开心地睁开眼。果然，微微已经滑行到半山腰了。他扭头去看那棵小树，树也是完好无损。

可奇怪的是，雪地上却有两条滑雪板的痕迹，一条从树的左方绕过，一条从树的右方绕过，在前方又汇合成一条痕迹，流畅地向下方延伸而去。

林闹的身体还在滑行，心里却涌起一股寒意：这样的滑行轨迹也太诡异了吧？微微到底是从哪边绕过去的？不论是从左还是从右绕过小树，滑雪单板只会留下一条痕迹。可是眼前的现实却告诉林闹，微微同时从左边和右边绕过了小树，向下滑去。

林闹越想越怕，不管这是什么学校，这一定不是他熟悉的那个世界！他必须要离开这里！

可是，要怎么离开呢？

正在林闹苦思冥想的时候，他的前方也赫然出现了一棵树！林闹记得很清楚，他在上山的时候，这里是没有树的，可现在却凭空出现了一棵树。

林闹的运气也并不好，他将以极快的速度撞到树上了！不过，既然微微没事，他应该也没事吧。

林闹咬咬牙，闭上眼睛，不可避免地朝树冲了过去。

一股刺痛首先在腹部蔓延开，尖锐的树枝似乎划破了林闹的皮肤，好在没有向内脏刺去。同时，林闹感觉五脏六腑同时一震，被一股力量抛到了天空中，然后重重地摔回了地面。

林闹什么也不知道了。

葵园体能学校

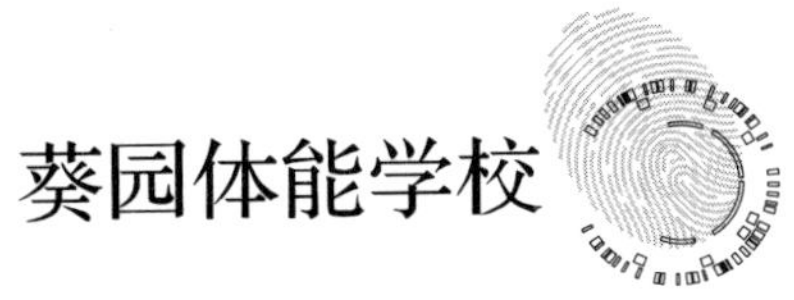

“林闹，林闹，你醒了？”一个中年男声在耳边响着。

林闹晃晃悠悠地坐了起来，这是在哪？

首先恢复的是嗅觉，他闻到了一股熟悉的向日葵花朵的香气。然后，一张黝黑淳朴的脸出现在面前。

林闹疑惑地说：“牛……牛叔叔？”

牛叔叔松了口气：“哎呀，你可算醒了！刚才那阵大风太邪门了，我一不小心滑了脚，沿着山坡滚下山了。等风停了，我爬上来，就看见你晕倒在这里，可把我担心坏了。你没受伤吧？”

林闹活动了一下手脚，又掀开衣服看了看腹部，一点伤痕都没有。

牛叔叔说：“还好，还好。”

林闹疑惑地问：“牛叔叔，我刚才一直在昏迷中吗，就在这里？”

牛叔叔说：“是啊，我一直守着你呢！”

林闹说：“可是，我好像看到了一所学校，还进去了。”

牛叔叔笑了起来：“学校还没到呢，你肯定是做梦了。趁着天还没黑透，咱们抓紧去学校吧！”

林闹的头仍然晕乎乎的，难道刚才真的只是做了个梦？可也只有这个解释了，只有梦里的事物才能如此不合逻辑。他站了起来，跟上了牛叔叔的脚步。

葵园体能学校到了。红瓦白墙，在向日葵花丛之中倒像是别致的山中别墅。林闹一眼就看到了学校的大门，还有楼上的窗户，心里踏实了不少。

这时，门口有个穿着红色运动服、拿着一本书的女孩迎了出来。林闹吓了一跳，这个女孩，怎么跟梦里的微微长得那么像？

牛叔叔打招呼说："丽丽，这就是林闹，你带他去认识一下教练吧！"

丽丽热情地走过来，伸出手："林闹，你好！"

林闹赶紧和丽丽握握手："你好！"

丽丽说："牛叔叔，您下山吧，一会儿就天黑了！"

牛叔叔跟他们道了别，就下山了。

丽丽带着林闹从大门里走了进去，一切都很正常，再也没有穿墙而过的幻觉了。

林闹觉得轻松了不少："丽丽，我觉得你很眼熟。对了，我的同桌也叫丽丽呢。"

丽丽笑了起来："是吗？可我的'粒'不是美丽的'丽'，是颗粒的'粒'。"

林闹问："粒粒？这个名字倒很特别。对了，你手里拿的书是什么啊？"

粒粒展示了一下封面：《量子世界》。

林闹好奇地问："就是量子力学的量子吗？我听说过，只是不太了解，感觉很玄妙的样子。量子世界是什么样的？"

粒粒思考着说："跟我们熟悉的经典物理世界很不同。比如说吧，量子世界中一切充满了不确定性。如果你是量子世界中的一个基本粒子，那么，你可能既出现在这里，同时又出现在那里，是以一种概率的形式存在的。”

林闹吃了一惊：“比如说，这里有条滑雪道，正中有一棵树，我可以既从左边绕过，同时也可以从右边绕过？”

粒粒惊讶地看了他一眼：“这个例子好特别啊，大概是这个意思。你可以看看双缝干涉实验，电子同时穿过两条缝隙，跟你这个例子很像呢！”

林闹继续问：“那么，量子世界中的粒子可以直接穿过其他物质吗？就像穿墙而过？”

粒粒眼睛亮了：“原来你也喜欢研究这些啊，没错，这是量子理论中的隧穿原理，量子可以以一种模糊混沌的形式穿过障碍物。”

林闹掩饰着内心的惊讶：“假如，假如量子世界里有一家饭馆。我杯里的冰块可能会一直在互相撞击，我吃进去的东西可能会从嘴巴里穿出来，掉到地上？”

粒粒更高兴了：“天啊，林闹，你可以去写科幻小说了！我觉得你说得没错，冰块一直在运动中，看不到具体的形态，说明它们以概率云的形式存在。食物从嘴里穿过，也是一种隧穿的原理啊。你的想象力太奇妙了，就像你到过那个世界一样。古人说，一花一世界，就拿向日葵来说吧，也许一粒花粉中就藏着一个宇宙呢！咦？林闹，你怎么冒汗了，这会儿不热啊！”

林闹擦了把冷汗：“我……我走得有点累了。”

粒粒友好地说：“那你在长椅上坐一下，我去帮你办入学手续！”说着，她像一只小鸽子一般跑远了。

这天晚上，林闹做了一个奇怪的梦。

梦里是呼啸的龙卷风，而林闹就被卷在风眼里，像一片落叶。这时，风口处出现了一道透明的旋涡，像布满波纹的镜面。镜面另一端，是一朵盛开的向日葵。

林闹朝着向日葵的方向坠落着，不知是他在急剧缩小，还是花朵在迅速放大。每一片花瓣、每一粒花粉，都似乎变成了一个宇宙……耀眼的金色光芒和浓重的花香包裹住了林闹，他降落在一片黄色的未知之地上。

这里出现了一座小楼，没有门，没有窗，许多孩子谈笑着穿墙进出。楼顶有一块银色的牌子，上面写着四个字：量子学校。

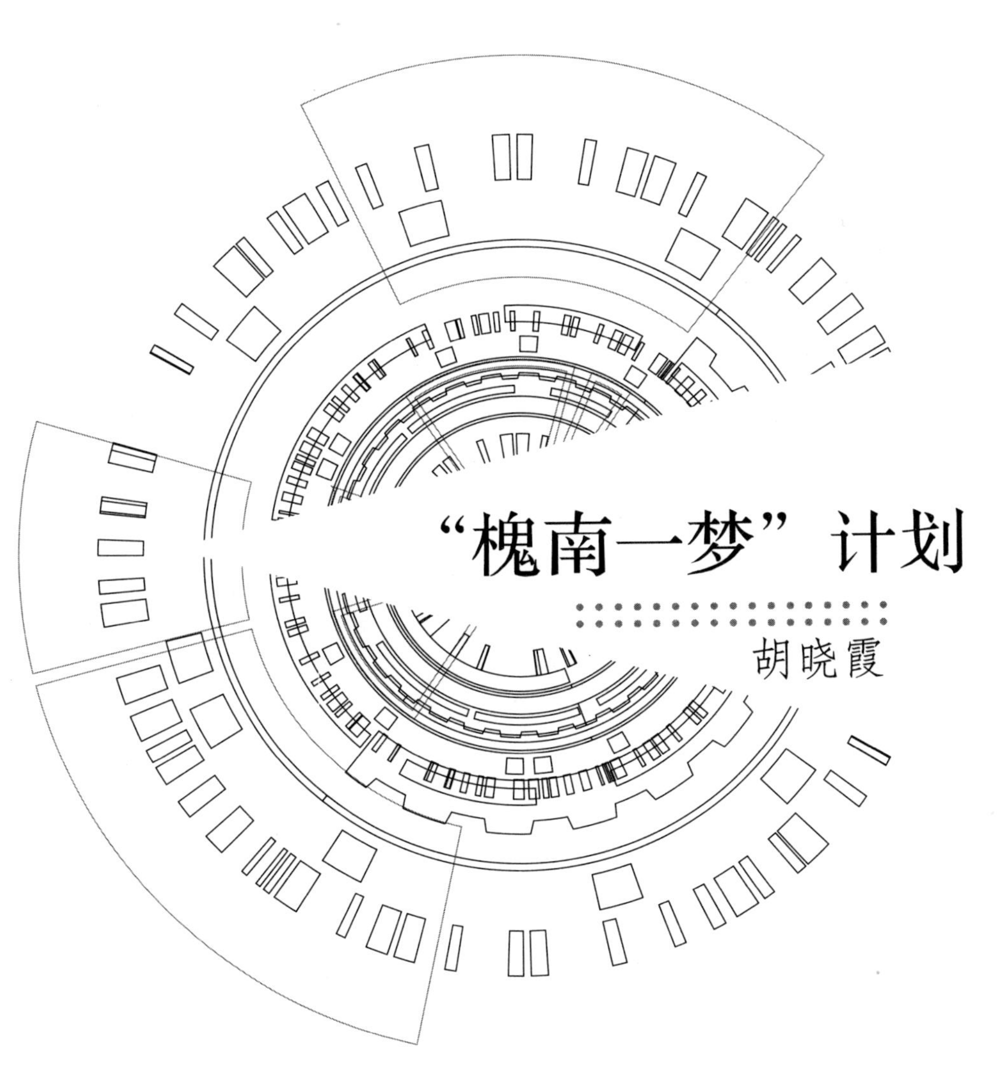

“槐南一梦”计划

胡晓霞

火星联合通讯社4月13日电，图灵工作室声称发现多个平行空间坐标并推出“槐南一梦”计划，公开招募自愿前往平行世界的受试者。据悉，该工作室作为地球时代对平行空间探索的遗留产物，近年来在距离火星移民地数百亿光年的空间内发现多处低温区域。工作室负责人胡博士指出，该区域内存在的低温位置，极有可能是我们现存的宇宙已经或者正在与其他平行宇宙发生碰撞后的结果。

火星人类事务管理委员会强调，请各位移民理智对待平行世界假说，切勿轻信谣言及资质不全的实验室广告。

一

“我今年读五年级了，曹东东是这学期转学来我们班的。

“都说男生之间的感情不会太肉麻，但当曹东东打走那些欺负我的土根星人时，我就想，我会拿他当一辈子的好朋友。

“曹东东和我都是人类移民第四代，在这个宇宙高等智慧生命杂居的火星上，当人类不再占据绝对优势的时候，人类小孩在学校里几乎就成了‘差生’的同义词。论体格，我们比不上平均身高三米三的土根星人；论智力，我们比不上拥有海量计算能力的墨门摩星人；论相貌，我们比不上能根据视觉呈现调整长相的嗨嗨马尔人……本来生活就够艰难了，人类小孩内部还会出现霸凌现象。而我，曾经就是火星团结小学里，被所有星球小孩霸凌的对象之一。而被霸凌的原因嘛，说起来我知道——我的爸爸妈妈是营地里最繁忙的代码建设工人，他们工资微薄且常年无休；但我也不完全知道，很多同学的父母也是代码建设工人，他们并没有遭受霸凌。也许因为我本身就是个不讨喜的孩子吧……对不起，我真的不知道……

“当然，这样的情况在曹东东出现之后就很快结束了。他正直、善良，并且出人意料的成绩好。每当有人嘲笑我可笑的发音和破烂的衣服时，曹东东总会站出来说不。一开始那些小孩也会想要欺负曹东东，但曹东东可是穿着超人皮肤的啊！这种高科技产品附着在人身上，能让使用者具备皮肤主题宣传的功能，于是就像我开头说的那样，曹东东一个回旋踢就打趴了两个土根星人。然后，也就没有人再来找我麻烦了。

“事实上，虽然我很感激曹东东，可我从来也没有告诉过他这些。一开始我是怕给曹东东惹麻烦，毕竟我怕他们也欺负曹东东。可当他们不敢再欺负我的时候，我觉得我也错过了感谢曹东东的机会了。

“所以，当我知道曹东东……曹东东溺水去世的时候，我的天都要塌了！

“我还没告诉过他，我有多么感谢他。我也没有问过他，我能不能和他成为朋友。而且……我也很害怕……害怕又回到过去的处境……”

以上，就是我在面试图灵工作室“槐南一梦”计划时讲述的事情。

二

虽然在面试时，我表现得平静、从容。可实际上这一段时间以来我的大脑十分混乱。

自从知道曹东东……曹东东去世的消息后，我就十分痛苦。我已经有好几天装病不敢去上学了。我怕曹东东去世后土根星人又来找我麻烦，而且我的心口也真的很痛，每一次呼吸都痛。因此当图灵工作室发布“槐南一梦”计划时，我就着了魔似的想要参加。土根星人还来不来欺负我我不知道，我现在只想看看平行世界的曹东东过得怎么样，至少在另一个世界里，我希望曹东东可以好好活下去。

当然，参与实验我肯定是征得了爸爸妈妈的同意。尽管他们会像这个星球上所有傲慢的大人一样，不相信平行世界的存在；更不会明白曹东东的死对于我来说，就好像心脏都缺了一块；甚至他们还会说慢慢就会好起来的，时间会带走一切，又或者说你要坚强一些，男子汉嘛，要有男子汉的气概。就像当初我告诉他们有人霸凌我时候的回答一样。

可是好在，他们爱我，他们知道我是真的很难过——所以我可以原谅他们有时候忘记自己也曾经是孩子，有时候又忘记我还是个小孩子。

胡博士说我们也并不一定就需要前往那些平行空间的坐标，那些坐标也只是理论上证明平行空间存在的物理标志而已，要穿越到平行世界更多地还需要缘分。

“缘分？”没错，我当时差点掉头就走了。胡博士作为一个研究平行空间几十年的科学家，竟然说要进入平行空间得靠缘分。这不禁让我觉得传闻说图灵工作室资质不全的消息是真的。

“是啊，缘分，”胡博士笑了笑，“这是我对宇宙‘无常’规律的总结。就拿平行空间来说吧，你可以把它想象成在黑暗中，两块叠在一起、无限延伸的饼干，而我们则是爬在其中一面的蚂蚁。理论上来说，没有哪只蚂蚁能在有生之年翻到另一面。可是两块饼干之间却有细微的、能直接穿透彼此的裂缝。能不能爬到另一面、怎么爬到另一面，就是缘分使然了。”

三

而这，正是我被选中参加“槐南一梦”计划的意义——作为前往坐标组的“对照组”，也就是说试验不用前往坐标，是否能通过其他方式进入平行世界。

胡博士解释说，要找到平行世界的入口既难也不难。虽然她不知道具体怎么进入，但通过多年的研究，她发现平行世界看上去是彼此平行绝无相交的两个点，但是关于另一个世界中的的生活场景却可能在这一个世界的“我”的梦境中被呈现。

“所以，你们会帮我进入我的某个梦境，”我似乎有点明白了，“可是你们怎么确定那是平行空间而不是单纯的梦境呢？”

“那我尽量说得再简单一些哈。”胡博士说着示意我躺下来，将一些贴有磁极的电线有规律地贴在我的头上和身体上，“在地球时代，就有科学家指出人的大脑十分特殊——大脑这个器官本身是三维世界的产物，可它产生的意识理论上却不属于三维空间，甚至没有办法把我们产生的意识归属于任何空间。换句话说，意识的存在是不是超越了我们现在理解的空间概念？甚至说意识就是能跨越所有空间的某种产物？所以我大胆提出了一个假设，是否会有某种强烈的意识，经过训练或者指引，可以穿梭到任一空间。”

“这么说的话，那应该有很多人都能找到平行空间的入口。比如曹东东的爸爸妈妈对他的思念就会比我的思念更深厚。”

“嗯，没错。不过人长大以后啊，很多想法就不会那么纯粹了。与此同时，大人会失去很大一部分想象力，”胡博士耐心地解释道，“而要找到平行世界的入口，你需要在你的大脑中先建造一个可能的平行世界。”

“可还是那个问题，我怎么分辨那是平行空间还是我自己的梦境，或者只是想象呢？”

“很简单啊。梦境不管再可怕，最后都能自己挣扎着醒过来。而一旦进入平行世界的人，除非通过特殊方式被唤醒，否则很难再回来。”胡博士说着严肃地看着我，“最后，我需要再告知你两个事情。第一，绝对不要和另一个世界的你抢夺控制身体的权力；第二，你只有24个小时，这之后你就必须回来，明白了吗？”

“滴滴嘟——滴滴嘟——”实验室的仪器此起彼伏地亮了起来。

四

在我第1801次从梦中醒来，也就是说我进入平行空间失败了1801次的时候，我忍不住哭了两声。

有一瞬间我想可能我就是再也见不到曹东东了。我这么懦弱自私的人，在他帮助我的时候都不敢道谢，我怎么可能找得到平行空间的入口?

可是擦干眼泪之后我又想再试一试。也许下一次就可以了呢?最坏的结果也不过是跟现在一样啊。

于是我调整了呼吸，耐心地在脑海中一点点还原我身处的这个世界——

火星居留地里为了节约空间而建造的家庭胶囊房，人造光线折射在居留地穹顶散发出来的细碎的光，贸易市场内形形色色的外星人，以及营地外无边无际的黑色、灰色和白色。

是的，像火星人类学家所说的一样，这个世界失去了很多。尽管人造花娇艳欲滴，可它无法和蓬勃的生命力再有联系。尽管白土地灰土地因为喜好被加入了五颜六色的色彩，可它还是贫瘠得要命。

我再次意识到自己有意识的时候，已经坐在了每天都会往返家校的通勤飞船上。几乎只是一瞬间，我就确认，这次我真的来到了平行世界。

当然，我在这里得遵守胡博士给我定下的规则——成为另一个我脑袋中不被察觉的一团意识。胡博士警告说，一旦我试图和另一个“我”的意识抢夺主动权控制这个世界的身体，就会分不清我是谁，就再也不能回来了。

“叮咚——火星实验小学站到了。请要下船的乘客从后舱门依次排队下船。”

在如潮涌动的学生中，我仔细观察了一下自己——他，不，“我”看上去虽然和我长得一模一样，可头发和皮肤都是灿烂的紫色。应该是最新款的什么皮肤吧。“我”过得还真是不错呢。

“哎！哎！我还没下船呢！”一个熟悉的声音传了过来。

太好了，是曹东东。

五

不到半天，我就知道在这个世界里的“我”和曹东东几乎是原本世界的我们的调转。

这个世界里的我张扬、热情、富有活力，几乎就是我一直梦想成为的那种人啊。而曹东东却像是现在的我一样，内向、沉默且认真得近乎古板。

“各位！各位！在这美好的清晨，请允许我为大家赋诗一首！”只有那个土根星人还是那么可恶，“曹东东，曹东东，金鱼眼，骨碌碌……哎哎！谁还能接下去啊！”

三米三的土根星人就站在曹东东面前，即使我现在只是一团意识，我也感觉被笼罩在土根星人的阴影之下。

“别这样……”好在，另一个“我”隔开了曹东东和土根星人。

太棒了！我就知道我不可能永远都㞞的！做得好！这次该我保护曹东东了！

“紫葡萄，你想干吗？”土根星人伏着身子盯着“我”，“你想给他出头？我劝你还是不要这么傻了！我其实对你也很有意见！不要以为自己有皮肤就了不起了！你这种只会变色的低级款皮肤，买了还不如不买！”

揍他啊！反击他啊！我在心里冲“我”大叫道。就算被打趴下了那又怎么样！你做的可是正确的事情啊！

“哎！哈哈！”土根星人好像想到了什么有趣的事情，他盯着“我”说，“不如你来完成我的诗吧！”

“我……”

“砰……”土根星人触角一推，“我”就倒在了垃圾桶中。

“哈哈哈！哈哈哈！”土根星人笑得还是那么难听，“再想不出来，我就要真正惩罚你了。”

六

好在最后关头，老师进教室了。

这一刻，我仿佛飘浮在空中。

我看着“我”从垃圾桶里爬出来，看着“我”假装不经意地抹掉眼泪，看着“我”刻意回避土根星人的目光，我心里真是太难过了。

我真的……很难过。

我想过无数次为什么他们会选择欺负我。是因为我很让人讨厌吗？可是我五年级以前和大家都相处得好好的呀。虽然我的成绩不算好，可我从来也没有调皮捣蛋过，为什么他们还要那样对我呢？

最开始的时候，是土根星人找我麻烦，我认为那只是玩笑。可是那些玩笑渐渐让我承受不了，他们还说那只是玩笑……后来，就没有任何人愿意和我站在一块了。我就像一个深渊，每一个靠近我的人都害怕会有跌落的危险。

直到……曹东东的到来。

他对我的意义，其实不仅仅是因为他能打跑土根星人，更重要的是，他和我站在一起。

他说是他们错了，我没有错。

而这，本来是大家都知道的呀！可是我的同学们却沉默了。

那么，在这个世界的“我”，能有那样的勇气吗？“我”好像仍旧买不起新款的超人皮肤，那“我”……会辜负曹东东吗？

放学的时候，曹东东叫住了“我”。

“你别帮我说话了，”曹东东努力笑了笑，“我一个人被欺负就够了。”

我想说些什么，可“我”什么也没有说，只是在土根星人凶狠的目光中快速上了通勤飞船。

七

在这个世界快速移动的感觉差点让我呕吐。我晕晕乎乎的，好在一会儿之后“我”也就到家了。原来“我”的家也不过是一个家庭胶囊，只是门牌号不一样。

“妈妈，我回来了。”“我”走进家门，看起来爸爸还没下班，而妈妈却坐在书桌前愁眉苦脸地打字。

“呀，我忘了做饭了。”妈妈抬头看“我”，有些慌张地站了起来。

“没事，妈妈，我不饿。”“我”善解人意地说道，“今天的童话写好了吗？”

呀，在这个世界里，妈妈真的当上作家了吗？

“还没有写完呢，”妈妈叹了口气，“写了4000多字，可是我却感觉这个故事好像有点太悲伤了，小朋友也许不适合看这么悲伤的故事。”

“那你就写得高兴点？”“我”建议道，“至少来个很好的结局怎么样？”

“好呀，”妈妈认真地点了点头，“啊，你呢，你今天怎么样？”

“就……挺好的。”“我”努力笑了笑。

毫无意外，“我”应该不会告诉爸爸妈妈的。“我”也11岁了，我和“我”都不是小孩子。可我看着“我”一步步走进卧室，我有点担心明天，明天“我”该怎么办呢？还是告诉妈妈吧！

“妈妈……”没想到，“我”真的停了下来，“我想问你一个问题。”

“好呀。”妈妈又从全息电脑前抬起了头。

“知道自己做的是对的事情，可是不敢坚持下去，这样是不是很失败……”

妈妈认真地看了看，起身走到了“我”面前。

“你知道吗？当你选择‘对’的那一刻，你就已经很勇敢了。不敢坚持下去的原因却有很多种，在超出我们能力范围的时候，我们就应该学会请求帮助。所以，可以告诉我你的烦恼吗？”

八

第二天，当“我”登上通勤飞船不久，土根星人和曹东东也上了船。

“怎么样？”土根星人用他黏腻的触角搭在了“我”身上，“给我的杰作想出下一句没？”

“我”没有说话，只是把土根星人的触角推开了去。

干得好！就是这样！

“你……你们不能欺负曹东东，”“我”的声音有些发抖，可“我”还是继续说了下去，“这样……这样是不对的。”

“怎么才是对的呢？不欺负他来欺负你吗？哈哈哈哈！紫葡萄！”

“我……”

我明显感觉到了“我”的犹豫。不，请不要就这么放弃！不行！我绝对不允许！你就回答“欺负谁都不对”！

“欺负谁都不对！”“我”的胸口一起一伏。

没错，就这么说！

“哟，那还是欺负你好了！”土根星人说着又推了“我”一下。

我感觉“我”快要哭出来了。别怕呀，就说如果你们再敢这样，我不仅会告诉我的爸爸妈妈，还会告诉你们的爸爸妈妈，还有学校老师和校长！

“如果……如果你们再敢这样，我不仅会告诉我的爸爸妈妈，还会告诉你们的爸爸妈妈，还有学校老师和校长！”

“你去告啊！”土根星人果然毫不在意，“不就是些玩笑话嘛……”

这样的玩笑也不应该开！而且这根本就不是玩笑！

“这样的玩笑也不应该开！而且这根本就不是玩笑！”“我”真的义正词严地说道。

“哈哈哈！”土根星人还是笑了起来，“那你就去告我吧！大人嘛，谁会在意？”

“没有人在意，我就唤起他们的在意。一次没有用，就两次，两次没有用就三次。我知道，船上的这些同学内心也不会认可你们的做法！但他们都很担心自己就成为下一个被欺负的对象，就像昨天的我一样。可是害怕没有用，忍耐也没有用，只有站出来，只有不成为沉默的一员，才不会被欺负和伤害！”

这一刻，我已经分不清是我还是“我”在说，尽管土根星人伸出触角把“我”扔到了角落。

就在此时，胡博士的声音邈远地响了起来——“快回来！”

可是我却一动也不能动。

土根星人慢慢走近了“我”，眼看着又想用触角把“我”卷起来。突然，一个同学站起来挡住了他！是曹东东！曹东东挡住了土根星人！很快，无数个同学都站出来挡在了“我”面前。

“快回来！”

“快回来！”

可我不知道怎么回来了，我眼前的画面慢慢变得模糊。我影响了这个世界的“我”，我想我回不来了……

后记

“太好了！你终于清醒了！”胡博士高兴地在我的面前手舞足蹈，“‘槐南一梦’成功！成功了！”

“我回来了吗？”我的头沉重地就好像不是自己的一样，“我用意识影响了那个‘我’，我还以为我回不来了……”

“那只能说明，那个世界的你和这个世界的你做出了一样的选择。”胡博士没什么心思跟我继续说下去，他兴奋地从3D打印机打印着过去24小时我在平行世界产生的记忆，于是我只好从实验室走了出来。

站在人造阳光下，微风拂过，我好像变成了新的我。

真好，真好呀。

曹东东，另一个世界的“我”应该会和另一个你成为好朋友吧。

而我，虽然还是很想念很想念你，可我明天要去上学了。因为我知道，我们是可以对抗霸凌的，只要从我开始，不做沉默的观众。

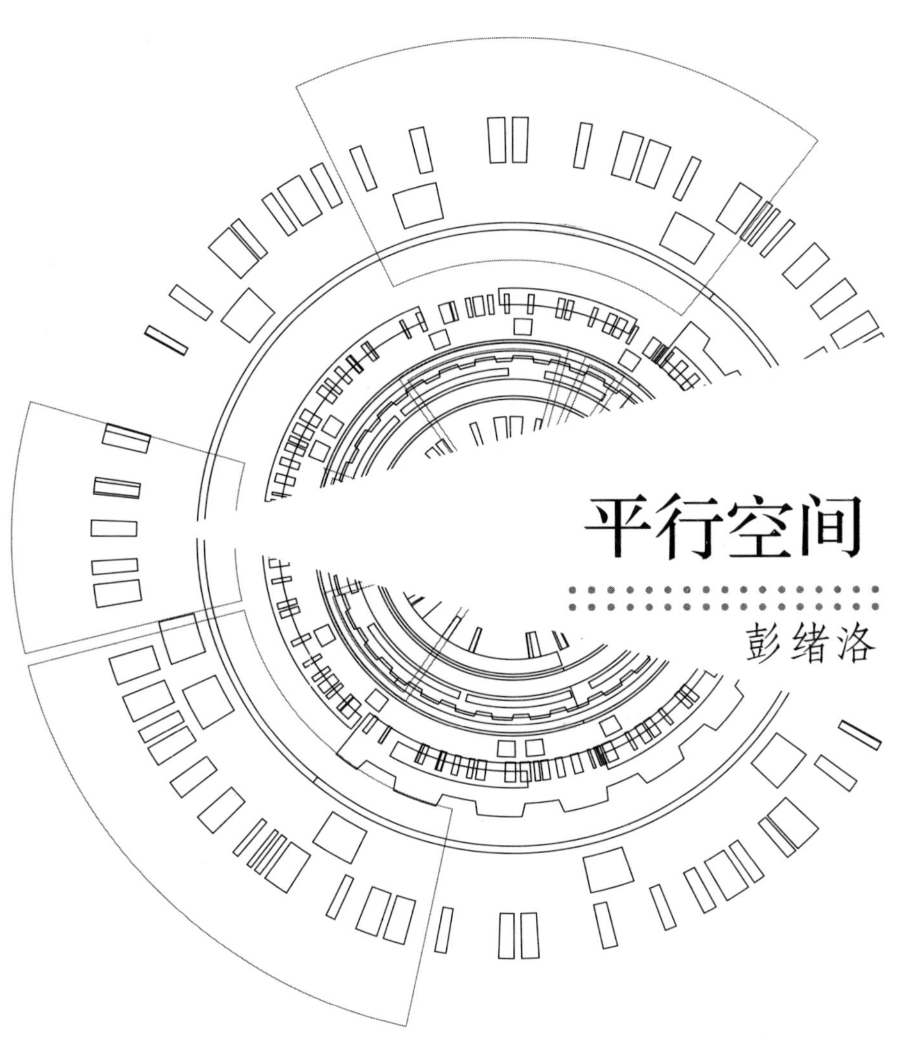

平行空间

彭绪洛

上部：我是谁

1

一阵狗叫声，把我从梦中惊醒。

我迷糊中睁开眼，首先看到的是红色的天。不对，不是天空，而是离我非常近、近在咫尺的帐篷顶。原来我是在帐篷里。

我努力回想着，想起来了，我正在探险乌孙古道的途中，昨天傍晚我们到达了传说中的天堂湖边，在这里安营扎寨。当时还伴有大雨，在迷雾和大雨中，我完全来不及看清天堂湖的样貌。

我从羽绒睡袋里钻出来，在帐篷中找到了抓绒衣和冲锋衣裤穿好，然后打开帐篷。

我惊呆了。因为帐篷外面的天堂湖。

湖面宽大平静，呈天蓝色，无风无波纹，就像一面镜子。雪山和冰川倒映在湖中，清晰夺目，似乎湖外和湖面形成两个镜像，让人分不清虚实。

抬头，天空无云，只有单调的蓝色，蓝的就像绸缎。让我确定那是天空，是因为山顶上的积雪，白蓝两个颜色形成鲜明的反差。

我眨了眨眼睛，把视线收回来，这时才留意到湖边与我帐篷之间，有一个几十米的坡度草地，绿油油的，草丛中闪现着无数黄色的、白色的小花，还有一些大小各异的石头。

我闭上眼睛，然后深呼吸，鼻子里全是湿润的青草味，以及牛羊粪便的味道。我并没有觉得后者难闻，反而觉得这是大自然最真实的味道。

我全身心地感受着天堂湖那种轻盈、纯洁、神秘和安静。

又是一阵狗叫声，把我从陶醉中唤醒。我回头，这才看清原来是一只小花狗，在我帐篷的另一个侧面。

我准备召唤小花狗，和它打个招呼。

但我还没来得及出声，就被一个新的意外惊住了，或者是彻底傻眼了。

我不知道该如何表达我发现的这个意外，或者说，这本来不是意外，只是一件正常的事，但我完全看不懂了。

我发现天堂湖边只有我一顶帐篷，和我一起来探险乌孙古道的同伴们都不见了。

地上干干净净，什么痕迹也没有留下，似乎他们从来没有来过。

我急忙去穿鞋子，但发现登山鞋是脱胶掉底的，这让我相信一切都是真实的。我只好穿好溯溪鞋，在附近来回奔跑，寻找蛛丝马迹。

我帐篷附近，有草倒下还没有完全站起来，从长宽面积来看，正好是一顶帐篷的大小，并且有好几处。这应该就是同伴们扎帐篷的露营地。

可他们人呢？他们去了哪里？

为什么我会一个人落在了这里？

2

我努力回忆着。

我记得今天应该是2018年7月5日，是我和几个爱好户外的朋友，一起来徒步探险乌孙古道的第六天。我拿出手机看了一下时间，确定无误，对，就是今天。

手机显示依然没有信号，我翻看了一下照片和视频，也都还在。看来，我的记忆没有出问题。

我们一共有11个人，其中一个是领队兼向导猴哥，还有一个协作叫桔子。其他人我也都记得，大饼和小鱼儿是武汉领攀者户外的专业领队；大饼是浙江人，人高马大的；小鱼儿小眼睛；风是一名医生，一个经常在健身房练肌肉的肌肉男；勇哥是一名做外贸生意的老驴；简是一所私立学校的女教师，嘴上从来不饶人，我还说她是一朵带刺的玫瑰；再就是来自唐山的二磊和花雕，二人是小夫妻，二磊是职业户外人，脚力腿力一流；最后一位就是唐山的无量，她是一位年长我十多岁的大姐，但体能和速度远远超过我，一看就知道也是职业探险者。

记得我的登山鞋是在前天翻越琼达坂时，脱胶掉底，后来我换上了溯溪鞋，在加厚的袜子外面又套了一双防水袜，才勉强爬上了琼达坂海拔3750米的山顶。山顶上还有积雪和冰川，我的脚冻得生疼，疼得钻心，每次休息时，我都不敢多停留，只能不断地行走，让脚保持有热量的状态。

没有想到的是，昨天下午快要到达天堂湖时，海拔提升，气温骤降，天空下起了巨大的雨夹雪，我脚上的热量散发得太快，即使快速地行走，也冻得受不了。

我们来到海拔3100米的天堂湖边扎营，这时雪停了，变成了大雨。我在雨中坚持扎好了帐篷，然后把背包掀进帐篷里，接着用毛巾擦净背包和帐篷里的雨水。还没有收拾好，脚就已经冻得失去了知觉，这种冷从下朝上，慢慢蔓延。我忙换上了干的抓绒裤和干的袜子，又往身上加上了一件薄羽绒服，最后打开了羽绒睡袋，钻了进去。

在换干衣服和加衣服的过程中，我已经开始发抖，心跳加快，并感觉到恶心，想呕吐。但我还是坚持着做完了一系列的自救措施。

我在睡袋里继续全身发抖，3分钟过去了，5分钟过去了，10分钟过去了，我的脚依然没有暖和起来，似乎全身都冰冷了。

手已经开始麻木，我不停地捏手，来回摩擦，放在嘴边吹出热气。我发现手背通红并开始发紫，眼皮也开始无力，大脑昏沉，像是特别困想睡觉。

我慢慢地躺下，接下来就什么也不知道了。

要不是今天的狗叫声把我惊醒，真不知我还要睡多久。

可是，同伴们呢？他们去了哪里？

按理说，他们不可能离开时不叫我。他们拔营时，应该会看到我的帐篷，应该会发现少了一个人，完全没有理由丢下我。

我大声喊："猴哥，猴哥，你在哪里？"

我跑到更高的山坡上，跑到大石头后面，跑到天堂湖边，四处喊着大伙的名字，可是除了回声，以及小花狗的叫声，再无其他声音。

周围一片寂静，就像什么也没有发生过，什么也没有来过。

就在我无助地不知所措的时候，一匹马由远及近，从远处向我飞奔而来。准确地说，是一匹马和一个人，因为近了些后，我看见马背上有一个人。

马和人来到我面前，这时我才看清，来者是一个四五十岁的中年男人，精瘦偏黑，戴着一个毡帽，一身粗布陋装，一看就是牧民的打扮。而马是一匹强壮的枣红马，高大，精神气足，不像那种长途跋涉没精打采的瘦马。

来者没有多话，像是认识我、知道我的处境一样，只说了一句：

“跟我走吧！跟着我你才能活下去。”

我有非常多的问题想问来人，可是又不知从何问起。只好不问了。

我别无选择，只能收拾好帐篷，打整背包，跟着他后面朝前走。我们爬上了天堂湖边的这座山顶，然后下山近百米，来到了一个小木屋前。

行走时间约莫半个小时。我猜这个小木屋就是这个牧民的临时住所，那四周的牲口应该就是属于他的。

在接下来的交流中，我终于知道这个牧民叫贵五，因为他在家中排行老五。他独自一人在这里放牧，陪伴他的有五匹马、几百只羊、两条牧羊犬。

关于我的情况，我依然是一头雾水，比如同伴们去了哪里？他们为什么没有喊醒我？贵五也不知道。他只是告诉我，没有向导千万不要独自朝前走，因为在盲区里容易迷失方向，地上更没有现成的路，非常容易遇到无法预知的危险，甚至还有可能遭遇到狼、熊等猛兽。

这个情况，我在进来之前就知道，所以我不敢独自一人去追一起进来的同伴们。

贵五劝我暂时留下来，有他在这里，生活和安全还是有保障的。等有机会，如果有其他探险者路过，我可以和他们结伴一起出山。如果没有新的探险者路过，就只能等他出山时带我一起出去。

我问贵五什么时候出山，他说：等羊长大了。

这话让我捉摸不透，但又不敢多问。心想，等秋天来了，草原开始枯萎了，羊应该也就长大了。那时冬天的雪季也快来了，他肯定就要出山了，要不然，羊、马、狗和人都受不了漫长的冬季。

迫于无奈，我只能暂时留下来，和贵五一起放牧，一起在附近游荡。

3

没多久，我就和两条牧羊犬小花和小黑混熟了。小花是一只头上有黑白两色，身上全是白毛的中华田园犬；小黑是一只全身黑毛的公狗。

这里气候多变，一会儿晴天，一会儿风雪，好在我带的御寒衣服足够，后来我找到绳子把掉底的登山鞋捆扎后，也能坚持使用，只是吃不惯贵五之前准备的食物。每天早上几乎都是馕和奶茶，中午依然是馕，还有酸奶疙瘩，晚餐会煮汤饭，里面会放一些风干的羊肉。馕太硬，我啃得牙骨疼，奶茶和奶疙瘩腥味太重，我难以接受，但后来慢慢也习惯了。

我带着小黑和小花，不时地去逮几只野兔，解决营养问题。

贵五是不会天天吃羊肉的，最起码我没有亲眼见过。我不敢提也不敢多问，我知道羊对于牧民来说价值贵重，他们自己是舍不得吃的，只会偶尔杀一只，边吃边风干，然后慢慢地吃上好久好久。

每当暴风雪来临之前，贵五就会四处找羊，把羊赶进一个简陋的围圈里，我就学着协助他。其他时间，他几乎不管羊、马，只是每天来回巡视，发现狼和熊等进行驱赶。他更不清点羊的数量，似乎也不好清点，我甚至怀疑，他会不会数数。

每隔一段时间，在收羊和放羊的时候，我会留意数一数羊的数量，发现羊有时候少了几只，有时候又多了几只。我也没有过多地去在意，觉得可能是自己数得不太准确。

我用太阳能给手机和相机充电，这里虽是盲区，但手机可以拍照和录像，好在我带来的相机内存卡有好几张，我拍了删，删了再拍，最后留下的都是百里挑一、精挑细选的精品。

我几乎每天都会走上半个小时去湖边看天堂湖，更是看看有没有探险者路过这里，有没有在这里扎营。

后来，我学会了骑马，有时也会骑马去。每次都是小花跟着我，小黑则忠于职守，尽职地守着羊群。

可每次去天堂湖，我都失望了。

好在每次回去时，我可以从天堂湖打水带回去，这样，也算没有白跑一趟。

除此之外，我还经常做的一件事情，就是在附近寻找枯树枝，有时走上好几个小时，每次去不同的方向。天堂湖附近树太少，找枯树枝当柴火烧饭取暖是一件非常有难度的事情，所以我们平时非常节省柴火。

转眼到了秋天，天气更凉了，草地也开始变黄，可贵五并没有出去的意思。我问他出去的时间，他说羊还没有长大。我奇怪不已，因为羊确实一直毫无变化。

冬天还没有来就下大雪了，进入了冰天雪地的季节，贵五的羊、马仍然每天在雪地里寻找枯草、草根。看着羊、马，以及贵五，还有小花和小黑，我都不敢想象，他们如何过冬？

降雪和阴天时，我冷得都不敢出小木屋，更不敢出睡袋，因为外面太冷了。只有放晴了，我才敢穿上所有的保暖衣服走出小木屋。

也只有这个时候，我才意识到，活着是多么难的一件事，活着是多么重要的一件事。

除了大风大雪时实在冷得没有办法出小木屋，其他时间我都会去天堂湖边，我多么希望有一天过去时，看到熟悉的、五颜六色的帐篷，看到从外面进来的探险者。

可是，这个场景一直没有出现。

4

进入深冬后，在十一月初时，天堂湖开始结冰，湖四周全是积雪，山上也是雪，远远地看去，就是白茫茫一片。只有湖面还有些湖水透过薄冰，呈现出深绿，又似深蓝，因为有太阳和无太阳时，湖面的颜色是有区别的。

十二月时，气温已经降至零下二十多摄氏度，有可能更低，因为我的温度计最低只能测到零下二十摄氏度。甚至有很长时间，我还以为温度计冻坏了，因为指针一直显示最低温，一动不动。有一天我把温度计装在衣兜里，上面显示的温度回升了，我这才知道并不是温度计的问题。

这时，天堂湖已经完全变成白色，准确地说，是完全被冰封。我一直在监测湖面冰层的厚度，冰层越厚，证明气温越低。我踩着厚厚的冰层，来到天堂湖的中间，站在湖中间环视四周，感觉自己就像站在一个巨大的舞台上，又像是站在一个巨大的地宫中。周围的冰川和雪山，像观众，又像是牢笼。

小花和小黑也喜欢跟着我一起去天堂湖的冰面上，它们也会滑倒或者站不稳，狗紧张的样子可爱极了，它们会在滑倒的时候发出哀求的叫声，还会在摔倒后不好意思地害羞地看着我。每当这种情况，我就会鼓励它们：没事，小心点。

相比较之下，小花仍然和我一起来得多一些。

有一天放晴后，太阳升得老高，我带着小花再一次来到天堂湖。昨夜飘了大雪，湖面的冰层上也是厚厚的积雪。如果不是提前知道这是天堂湖，突然来到这里，还会以为这就是一个巨大的平地，因为已经完全看不出湖的痕迹。

就在我无限地感叹和敬畏大自然的神奇之处时，小花异常激动和兴奋地叫了起来，并且边叫边朝前跑去，我立马跟了上去。

我在雪地上发现了一串巨大的脚印，最开始远远地看去，还以为是人的脚印，因为呈长条形。我还激动了一下，以为是有探险者路过，走近后才发现脚印最前面还有明显的爪印，五个深深的爪印，均匀分布在脚印前方。

我已经确定，这是熊的脚印。从脚印的深浅和大小看，我也知道这是一头体形巨大的熊，并且是黑熊，因为我们国内目前发现的几乎都是黑熊。

脚印新鲜，应该是刚经过不久，我不敢继续追踪，如果跟上去，有可能会找到熊洞，或者是休息的黑熊，那都不是我希望的结果。

更庆幸的是它没有与我遭遇上，也没有去攻击我们的小木屋和羊群。

我还曾经在雪地上和湖面的冰层上发现过许多动物的脚印，其中有认识的，当然也有从来没有见过的，有大、有小。这个时候，我才知道原来这里还有这么多我从来没有谋面过的朋友，也许它们早就知道我的存在，也许它们对我一无所知。

5

某天，我照常来到结冰的天堂湖边，在湖中心位置发现有工具开凿的窟窿，我当时惊喜得差点尖叫起来，但我立马捂住了嘴巴。我第一反应就是猜测这会是谁的杰作。贵五？不可能，他对天堂湖不感兴趣，极少来这边。小花和小黑？就更不可能了，它们不具备这个能力。

这么说，这里肯定还有其他高等智慧动物存在，更或者说，有人路过了？可是湖面的雪层上没有人的脚印，只是在冰窟四周有一些凌乱得无法分辨的痕迹。

于是，我开始坚守，我想找到这位朋友。

坚守的第三天，我就意外地发现了他，准确地说，是它。

原来是一只大雕，和我高矮差不多，张开翅膀时就像一架小型飞机。当我第一眼看见它时，确实被震住了，我完全不敢相信，世上还有这么大的鸟。

原来，这个冰洞是它凿开来捉鱼吃了。

但没过几天，气温更低了，天堂湖上的冰层更厚了，它完全凿不开湖面上厚厚的冰层，它在湖面凿了好几处冰，都没有成功。于是，我把身上带着的风干羊肉丢了些给它吃，就这样，几次后，我们走近了，成了朋友。

终于迎来了春天，地上开始钻出草芽，冰雪慢慢融化，气温开始回升。

转眼夏季到了，我来到这里一年了，湖面的水，以及草地上的草，又恢复到了我当初第一眼见天堂湖时的模样。

我一直没有等来过路的探险者，似乎这里被外界遗忘。贵五也从来不提出去的事，他每天骑着马来回转悠，一副悠然自得的样子。

他就像一个神仙一样。

就这样，在这里待了两年，我越来越对贵五失望了，觉得依靠他不可能出去，于是我开始偷偷准备，独自寻找出山之路，想一个人出去。

我准备了几天的干粮，背包和帐篷虽破旧，但还能勉强使用。我决定放手一试，犹豫了两年，不能再犹豫了。

我朝前走了四天，拼命地走，中间不敢休息，也不敢停留。中途走错过，还遇到了过不去的河，就继续寻找出路。最后，我吃光了准备的干粮，人也累得筋疲力尽，实在走不动了，就昏睡了过去。

等再次醒来的时候，我发现自己已经出了乌孙古道。因为出口处的那个隘口，我之前在网上的照片中见过无数次，早已印入我的脑海中。

我身边，是那只大雕，它见我醒来，就径直飞走了，我来不及向它道谢，似乎它也没有给我这个机会。

出了乌孙古道，这里是黑英山牧场，我找到了一家牧民，在这里休整了一天，又补充了一些食物，然后继续朝外走，想走到有公路的地方搭车去库车县城。

这时手机有信号了，可我发现手机不能使用，也不能上网，似乎手机卡被注销了或者是停用了。

到了库车县城后，我找了一家移动营业厅，拿出身份证想补办手机卡，可被告知身份证过期了，手机卡也早就停办了。这时，我才知道，现在并不是两年后，而是20年后了。

6

我有些弄不明白了。

我明明在天堂湖附近就待了两年，怎么外界会是20年后了呢？

手机卡没有补办上，因为多年前就不用手机卡了，现在扫指纹直接就可以绑定手机号。实体手机也没有了，取而代之的是可视投影界面。形态也多种多样，有戴在手上的手环，有加装在眼镜上的，还有声控在指环上的，或者是钥匙扣大小带在身上的。

我只能借了别人的投影手机给家里人打电话，可是都打不通，系统提示我能记住的几个号码都已停用。

这时，我想起了网络，我可以借用网络登录QQ号和微信号，这样就可以联系上家人了。可是登录了几次，我发现密码已经不是我原来记住的那个，我怎么也登不进去。

我担心家里的一切，真不知夫人和孩子们怎么样了，我一直没有回去，他们肯定担心坏了。

归心似箭。

我到库车火车站后想补办临时身份证，被告知现在刷脸就可以走遍天下，于是，我直接买了到乌鲁木齐的火车票，然后从乌鲁木齐买了机票回到了武汉。一路上，我都在迷糊中度过，我实在想不通，也无法预知接下来会发生什么。

在库车时，我倒没有觉察城市变化有多大，这里人口依然稀少；到乌鲁木齐时，我就已经感觉到了明显的变化。从交通工具到通信工具，再到街上的行人，都和我之前看到的情况不一样。

我从武汉机场打车回家，沿途发现武汉有了惊天的变化，空中私人飞机来回穿梭，磁悬浮车在离地一定的高度来来去去，街上传统在地面跑的汽车依然存在，三层空间三种不同的交通工具互不影响。

街上行人不多，来回飞动的飞行器倒是极多，不知地下的地铁上人数情况如何。因为之前回家地铁要转几次线，所以我没有选择地铁。

自己住的小区维护得还算好，只是旧了很多。如果不是一路上的变化，以及四处显示的时间是20年后，我真的不会相信时间就这样不见了。

虽然我完全弄不懂这是什么原因，但我已经知道这是不可否定的事实。

来到家楼下，我忐忑不安，因为无法预知20年后的家会是什么样子。特别是当年我没有回到这个家，经历了这么大的变故，家里人肯定过得非常艰难，他们有没有因为无法生存下去，或者无法继续还房贷，而卖了房子搬家？夫人有没有给孩子们再找一个后爸？

我在家楼下左右徘徊时，看到一个中老年男人下楼，同时还有一个年轻人。这人长着花白的八字胡和花白的短发，身材中等，和我高矮差不多。年轻人离开时，中老年男人喊了年轻人的名字，叫他在外小心些，到了打电话。

这个年轻人的名字，把我吓住了，这是我儿子的名字。

年轻人回答的是："我知道了，爸爸！"

爸爸？

我再仔细看了看这个年轻人，真像我印象中几岁的儿子长大后的模样。

那他这个爸爸，是谁？

这个中年男人怎么有些面熟？我像是见过很多次，很熟悉，但又想不起他的名字。

突然，我反应过来了，那就是20年后的我。

没错，身高、脸形、头发、胡子，都对得上。

那我是谁？

我是谁？

下部：我是我

1

一切超出我的想象，始料未及。

我开始犹豫，该如何去面对20年后的我和孩子们，我在内心斗争了很久，最后分别跟踪了女儿和儿子，和他们以过路人的伪装身份交流和试探。

我发现他们很阳光，对他们的父亲很尊敬和认可，没有任何不寻常的地方。

我后来以读者的身份拜访了孩子们的父亲，也就是20年后的我。我和他交流了他的作品，以及探险经历，并详细询问了20年前探险乌孙古道的经历，他都能对答如流，只是偶尔陷入沉思，但让我找不到任何破绽。

当然为了不尴尬，我故意化妆伪装了一下。

最后我伪装成一个记者，采访了我的夫人，对她提了很多问题，包括对自己家先生的事业看法、态度，并特意问到了当年去探险乌孙古道有没有担心，发生了什么危险，他回来后有没有什么变化和不一样的地方？

依然没有找到线索和答案。

最后，我决定从当年探险乌孙古道的同行者寻找突破口。

我相机中和手机中有他们的照片和视频，我重新申请了新的手机号，虽然现在大家都在用投影手机，可是我不习惯，依然还是喜欢自己熟悉的实体手机。微信他还在用，我只能重新申请了一个账号，好在我存有当年同伴的手机号和微信号。

我终于联系上了当年一同探险乌孙古道的其中一个人，他叫大饼，20年后的大饼已经是一个中年男人。交流中，他说当年没有发现异常，说我跟着他们一起回来，后来还有联系，对于我的出现，他们非常诧异不解，甚至不敢相信这一切都是真的。

大饼还武断地肯定，说我又在编故事了。

通过大饼，我又联系到了小鱼儿、简、勇哥、风等几人，把他们都一一走访了一遍，他们看到我无一例外都惊呆了，以为这些年我一直没有变老。当我讲述遭遇后，他们都惊叹不已，但细细回想，又找不到什么可疑的细节。

在走访简、和她交流的过程中，突然，她如当年的女汉子性格一样，一拍大腿，透露了一个非常有价值的线索。当年在天堂湖的那晚，大雨雷电交加，她半夜迷迷糊糊中记得有一道闪电又亮时间又长。不过她没有在意，后来就继续睡着了。除了这，就再也想不出什么其他线索。

我立马再一次回访了几个当年的同行者，看他们有没有这段记忆，没想到经我提醒后，其中有两人还真想起来当年的电闪雷鸣，说闪电很亮很长，不同一般，并且还带有细细密密的声音，只是半夜都没有在意，第二天都以为是梦境。

这个时候，我已经意识到这件事不是那么简单了，并且有了猜测和推断。

2

为验证我的推测，我又去了新疆寻找并拜访当年的向导和协作，向导猴哥已经60多岁了，早就退休不外出探险，他的徒弟桔子倒还在带队。

猴哥想不起当夜的事情，但桔子非常清楚地回忆了起来。他说当晚的亮光不像闪电，因为持续了好长时间，应该有几分钟，并且还伴有其他低细密的声音。他还详细讲了当夜我失温非常危险，最后陷入了昏迷，他们烧了热水装进矿泉水瓶中给我取暖，还给我喂了姜糖水，最后体温稍稍回升，但仍然沉睡昏迷。可第二天早上，我奇迹般地恢复了，体力也很好，和大伙一起吃过早餐后就继续出发绕天堂湖走了大半圈，最后翻越海拔 3850米的阿克布拉克达坂，三天后就出山了。

桔子还透露和我类似的事情后来还发生过，另外有一支探险队进去，最后失踪了，一个人也没有出来。搜寻队去寻找但一无所获，之后这条古道就被封闭了，不允许任何人私自进入，一是因为失踪事件，二是出于对古道的保护。

于是，我有了一个大胆的想法，更加肯定我的推测，这是一个外界力量干扰的事件，很有可能是外星人的阴谋或者是实验。

我又查了相关的事件和新闻，并上了几个科幻论坛，上面有一个专栏，是关于外星人和外星人文明的，上面果然有一些线索。

于是我决定，再去一趟乌孙古道，去在那里隐居并与世隔绝了两年的天堂湖，去找贵五，他应该不是一个普通的牧民。

桔子带着我重走了当年的路，我们仍然先坐火车到了伊宁，然后包车进山，最后在琼库什台村开始下车徒步。四天后，我们终于到达了天堂湖，可是在湖附近没有找到贵五，更没有贵五的小木屋，也没有看到他的牛羊，更没有小花和小黑。

周围一片寂静，什么也没有。

我再一次惊呆了，怎么可能？我明明在这里待了两年，对四周的一切相当熟悉，贵五怎么可能就这样凭空消失不见了呢？

经过一夜的思考，再加上我之前收集的资料，以及我这些年创作科幻小说时对外星文明的研究和了解，我大胆地推测，这一切都是外星人干的。他们在那个晚上来到了我们露营的天堂湖边，把失温昏迷的我救治好了，但同时复制了一个同样的我，包括我的装备、手机、相机等一切。第二天，一个我跟着向导回去了，而另一个我继续留了下来，当时我是在一个平行空间里，所以两个我没有照面。但这个平行空间只在天堂湖附近存在，走出天堂湖，就是普通的空间了。

这背后的主导者，应该是外星人，那天晚上长时间的亮光闪电，应该就是外星人的飞船降落、起飞，他们在短时间内完成了一切，并安排了贵五这个外星人监视我、研究我、陪伴我。

当我离开后，贵五也离开回去复命。我是他的一个实验品。

这一切都只是我的推测，我非常想验证这一切。

于是，我再一次露营在天堂湖边，欣赏着无比熟悉的夕阳，望着远处的冰川和雪山。真不知我会等来什么，或者什么也不会发生。

3

晚上，亮光再次出现，我在帐篷中醒来，注意到外面的一切，甚至轻轻地打开了帐篷的一角观察外面。果然我看到了外星人的飞船降落在不远处，飞船四周灯火通明，飞船落稳后，一个升降梯直接打开，从上面走下来一个外星人。

那是一个与人类完全不一样的人，但靠近我的帐篷后，他自然地变化成人类的外形。走近后我看清了，他就是贵五。

贵五来到我的帐篷外面，说："我知道你在找我，我也知道你醒了，对于你的情况，我非常抱歉。"

我忙向贵五求证我的推断，他都一一承认，说这就是他们的一个实验，看复制人类会有什么样的后果。最后他们通过复制我，发现本体和复制体可以完全一样，他们的实验成功了。

可我苦恼了，有家不能回，有亲人不能相认，因为世上有两个我，一个年轻，一个年老，相差20岁。如果他们同时出现，那还不出现混乱？

我最后问贵五："两个我，究竟哪个是本体？哪个是复制体？"

贵五蹲下来，轻轻地打开了帐篷，他还是原来的样子，一点也没有变。

他笑而不语，轻轻地摇了摇头，表示不愿意透露，更或者是说天机不可泄露。

于是，我又问："那只大雕呢？难道它也是你安排的？"

贵五这次说话了："你是说那只神兽？那可是上古之物，和你我又不在一个时间空间了，它灵气得很呢，我是无法和它碰面的，它不属于你和我的世界。你能走出平行空间，就是因为它，因为只有它有能力穿梭于不同的时空，来去自由。"

这次轮到我惊讶了："啊？天啊！这真有点乱套了，那小花和小黑呢？"

"这两只狗倒是我的宠物，只是这次没有带在身边，要不然它们肯定会下来和你打招呼的。"贵五一五一十地和我说道。

最后，我问，我现在该怎么办？这个世上有两个我，这样肯定不是办法。没有想到贵五反而问我要如何选择？

他说我可以选择回到人类社会，也可以选择和他一起，去他们的星球和文明空间。

我几乎没有多加考虑，选择了回到人类社会。因为我留恋人世间的一切美好，特别是记忆中的亲人。我想有机会多看看他们，多和他们在一起。

贵五尊重我的决定，并告诉我如果想改变这个决定，可以来天堂湖边找他，他说这里是他们的隐门，我来到这里，他们就可以看到我。

心中的疑问是解开了，可我仍然苦恼，因为我没有办法回家。但我又实在无处可去，又特别特别想回家。

我该怎么办？

一路上纠结不已。

4

回到武汉，我约出了另一个我，把一切都告诉了他。最开始他惊讶不已，但很快就冷静了下来。毕竟，他是我，我是他，我们都是见多识广、内心强大、什么事都经历过的人。

我把一切说明后，他陷入了沉思中，因为这种情况谁都没有遇到过，没有经验可以借鉴和参考，并且接下来该怎么办，确实也是一个难题。

相信他不愿意放弃现在拥有的一切，可我也想和家人团聚，这可怎么办？

我们肯定不能两个人同时出现，否定会天下大乱的，最起码，我们家里会乱套。没有人能接受这种不可思议的现实。

怎么办?

这时，他拿出了一台折叠平面手机，当下只有极少守旧的人才会用实体手机，因为大多数人都在使用投影界面的手机。

他翻开了手机里的相册和视频，给我看孩子们近些年的照片和影像，看得我心潮澎湃，内心激动，恨不得马上回家。

他似乎看出我的想法，说可以把这些照片和视频都传到我手机里，让我慢慢看。当下不知道是几G的网速，几秒钟的时间，大容量的文件就传输完毕。他让我慢慢看，先熟悉一下孩子们，同时我们都再仔细想想有没有上上策，再做决定。

和他分别后，我迅速在附近找了一家酒店，直接扫描头像，就可以办理入住了，不需要身份证，也不需要银行卡支付之类的流程，只需要指纹作为密码，因为一切都已经联网，而我退房时直接会从关联账户扣除费用。这一套流程，我在上次从新疆回来时，以及这次来回，都已经体验到了。

当然了，现在的数据库中，我和他，他和我，都是同一张脸，我们使用着同一个数据，虽然相隔20年，但面部数据几乎一样。所以，我用的是他的钱，不对，这也是我的钱。

所以，我也就不用担心没有钱的困境。凭着这张脸，我可以走到任何地方，乘坐任何交通工具，购买任何物品。

入住酒店后，我来不及休息，而是继续看孩子们的照片和视频。但看着看着，我的内心不由得开始激动，又慢慢变得平静下来。在深夜时分，我瞬间在大脑中做出了一个决定。

5

我不能见家人们。

因为他们生活得很幸福，他们完全不知道我的存在。在他们的生活中，一直有一位尽职尽责的先生、爸爸存在。我究竟算什么呢？

为了他们的幸福，我只能牺牲自己了。

并且我还决定，为了这个家，我必须也贡献自己的力量，为他们做点什么，这样我的内心就不会那么难受了。

这也许是最好的一种自我安慰。

我把另一个我约了出来，当我说出自己的想法后，他非常惊讶，不解地看着我。当确认我是认真的后，他站起来拥抱我，热情得让我有些不适应。

因为他就是我，我就是他。

我虽然内心极为痛苦，但我实在想不出更好的办法。我不入地狱，谁入地狱？

另一个我说："以后我会多给你分享孩子们和夫人的生活和变化情况，让你知道他们的生活现状。"

也许，这就是最好的办法了。

于是我们两人商定，我们通力合作，我多去探险收集写作素材，然后多创作新作品，他多四处讲座推广阅读，多参加各种论坛和文学活动，提升作品的影响力，这样让我们的作品被更多的孩子读到和接触到。同时，我们还一致决定，多做公益，并且把方向定为公益阅读推广和公益儿童图书馆，以此来倡导勇于探险和探索的精神。

以后会怎么样，我们不去多想，就留给以后吧！相信时间会解决一切问题。

顺其自然，也许是最好的结局。

让我做出如此决定的还有一个原因，就是我突然悟透了一切，因为自己这些年来的经历，让我明白了应该怎么办。我根据自己的所悟所想，写了一首诗，发给了另一个我，相信他在看到这首诗后也能明白我的初心。

这首诗叫《人世间》。

肉眼凡胎
怎能看懂沧海桑田
短暂人生
怎能领会大漠孤烟
宇宙文明
太多的未知我们无从知晓
几十年的光阴
在天地间
就是一道闪电

自然的生命
就像云和雾
风一吹就散
我们无法改变
也无法留恋

人世间

纵使你万般不舍

也不过停留百年

所有生灵

都是轻轻地来

轻轻地离开

地球自转一圈

便是一天

地球公转一圈

便是一年

一天又一天

是回到了原点

还是来到了明天

天地间

人世间

万物都是云烟

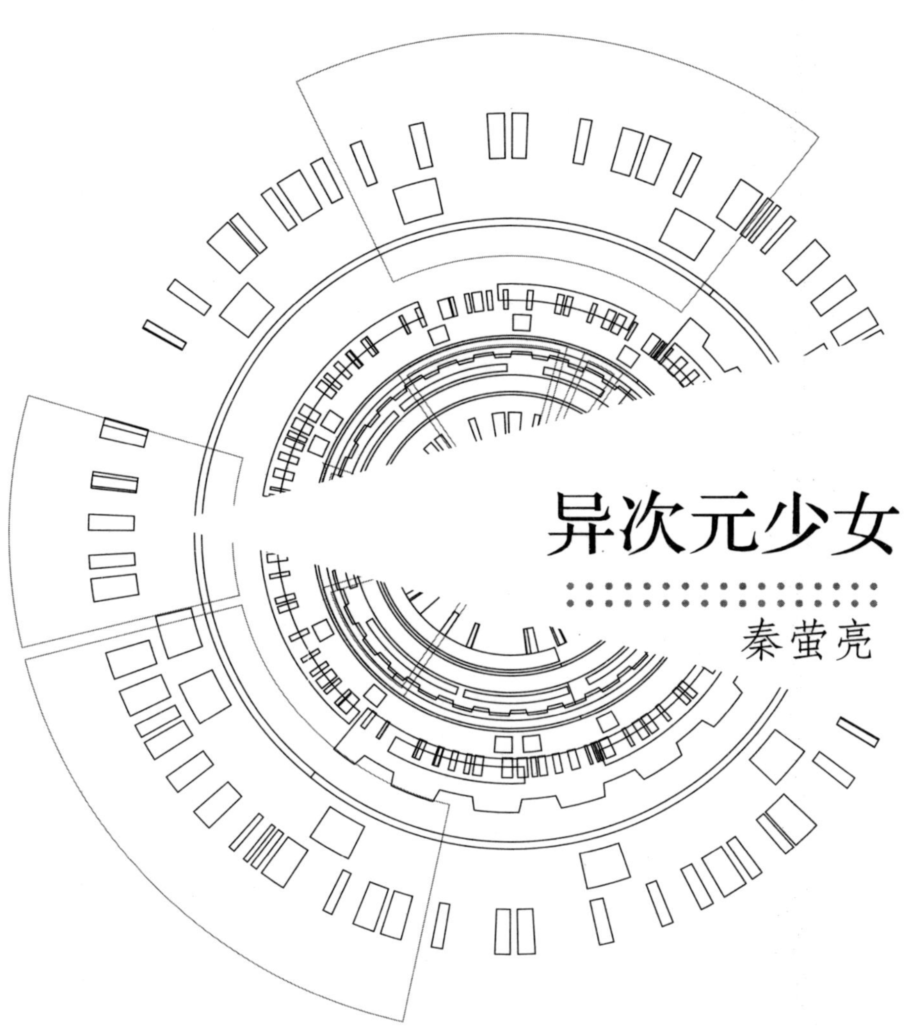

异次元少女

秦萤亮

蓝紫色的暮色降临在城市的上空，这是一天中最美的时分。因为，我就要在这样的暮色中登场。

风吹起我齐耳的黑发。我的心怦怦作响，今天能来得及吗？我只有一次机会，无论如何也要全力以赴，在我平凡的15岁生命里，还没有过这样值得我全力以赴的事情……

一瞬间的失重感，我已经升到了高空。在紫色的暮天里，穿着银蓝色紧身水手装的我仿佛化作一颗流星，轻盈地掠过城市中心的摩天轮，掠过高入云端的流线型建筑，掠过超现实风格的城市天际线。

“阿瞳，你要去哪里？”

身后的空中，在遥遥呼喊我并且追来的，是我的好朋友绫子。和我一样，娇小的她也穿着紧身服。衣服被裁剪成少女服装的式样，质地却像皮肤一样熨帖光滑，这是为了减少空气阻力。和我一样，她也踩在反重力平衡翼上。我低头看了看，由于速度过快，平衡翼周围的空气已经呈现灼热的橙红。

没有时间向绫子解释了，也许下一次……对不起，绫子！我头也不回地向前疾行，平衡翼感应到我继续加速的决心，速度已到了极限。在炽热的光焰里，我向着远方的天空之门疾飞而去。

天空之门。

在我的世界里，位于西南方的天空之门是最神秘的建筑，形似顶天立地的莫比乌斯环带①。不管走到哪里，它永远都在视野之中。天空之门，差不多是和天幕、和人造太阳一样永恒的存在，仿佛整个世界都赖由它支撑。

在我认识的人中，从没有人去过那里，也没人知道那里究竟有什么。

然而今天，我要去的就是那个地方。

快啊，再快一点。

我要去完成我的使命。

现在，我已经飞到城市的边缘。一阵自豪涌上心头，从来没有人像我一样，离天空之门这么近吧……近距离的莫比乌斯环，荒凉得像火星的表面，压迫感强大得让我喘不过气。我真的有勇气飞临吗？

我永远没有机会知道了。

就在我即将着陆的那一刻，天空之门爆炸了。

从莫比乌斯环的中心出现了如同千亿个人造太阳的白炽光芒，也许是失聪了，我什么也没有听见。无声的光波漫过环的表面，极速扩散开来，把整个城市彻底摧毁。但我不可能知道这一切，作为距离最近的人，我最先在爆炸中化为飞烟。

在我身后的绫子，将是第二个死于爆炸的人吧。

最后一刹那，我的心剧烈地抽痛了。

我在一片虚无中醒来。现在的我，置身在无法描述的地方。这里没有时间，没有空间，没有银蓝色水手装，没有平衡翼，没有莫比乌斯环，没有绫子，我也想不起自己的名字。但是，我确确实实是为了什么

①莫比乌斯环：扭曲180度后首尾相接的环，只有一个环面。如果人作为微小生物在莫比乌斯环上旅行，将是无穷无尽的旅程。

而诞生的，这一点，我坚信不疑。

不知道等待了多久，终于轮到我出场了。

人造太阳已经在轨道上隐没，蓝紫色的暮色降临在这座未来感极强的城市上空。一弯新月映衬着天边那些巨大的超现实风格建筑，整个城市仿佛悬浮在天海之中。

在世界徐徐展开的那一刻，我明了了一切。

我是一名叫阿瞳的15岁女生，刚刚上初中三年级。

我的设定身高是164厘米，发色和眼睛都是黑色，前额留着空气感的刘海。我喜爱运动，有着一张明朗的元气少女的脸。

我的好朋友叫绫子，她是娇小可爱型的女生，设定身高只有156厘米，头发和眼睛都是亚麻色。和我一样，她在飞行时也爱穿紧身的水手装，她喜爱的颜色是橄榄绿。

悬浮在空中的银蓝色平衡翼在等我。我心急如焚地升上高空，向着矗立在西南天际的天空之门飞去。在那里，危机即将爆发，我必须赶去阻止。

薄暮中的城市宛如广角镜头，大幅大幅地掠过：有一掠而过的铁塔，有蜿蜒曲折的运河，有鳞次栉比的高楼大厦，还有许多闪着金属冷灰色的工业基地。

但是，我的脑中依稀残留着一些无法与之匹配的画面：

我的家乡，有长满了薰衣草的田野。

我曾经在月下，听口琴吹奏的民歌。

我在采摘草莓的季节里，和可爱的男孩跳过舞。

就是这些不知来自哪里的画面，让我在飞行时，每每产生前世今生的错觉。我总觉得，我掠过的地面是岑寂的。在天空中飞翔的我，仿佛经过一颗无人的行星。

“阿瞳，你要去哪里？”

穿橄榄绿水手装的绫子远远追来了，由于紧张，她清脆的嗓音格外尖细。

“绫子，别跟我来。”我偏离了脚本轨道，激动地喊。

“为什么，阿瞳？”

一分心，我的平衡翼速度就降了下来，使绫子有机会缩短了距离，现在，她只落后15米左右了。

“因为很危险！以后我一定会告诉你，但不是现在！”

“不行……阿瞳，你的速度太危险了……快停下来！”

绫子的橄榄绿平衡翼上也喷出了橙红的火焰。不擅长运动的绫子正在不要命地追赶我，两架平衡翼已经达到了最小安全距离。

“绫子，当心！！！”

但是，一切都已经不重要了。

西南的远天中，亮起白炽的光芒。天空之门爆炸了。

在光波袭来之前，我扑向绫子，用身体尽可能地掩护她。如果死亡是不可避免的结局，我希望绫子至少比我活得久一点。

伴随着我的苏醒，世界再次开启了。

作为一名15岁的少女，我有急如星火的使命，要踏上平衡翼去拯救世界。

但是，在炽烈的光芒中，我又一次化为了飞灰。

我再次醒来。

作为阿瞳的意识回到脑海的那一刻，时间如同翻转的沙漏，开始流动。这一次，我全心全意向着天空之门飞驰，达到了这个世界的物理定律所能允许的最高速度。

当我的手指就要触碰到天空之门的一刹那，沙漏里的最后一粒沙流完了。

对我来说，整个世界只有17分钟。

我再次醒来。

我再次醒来。

我再次醒来。

我再次醒来。

这一次，我不再赶往命定的目标，而是升空等待绫子橄榄绿的娇小身影。

“阿瞳，你在这里干什么？”

踏着平衡翼飞来的绫子错愕地问。

“有许多事情值得我想一想。”站在千米高空，我对绫子说。

“阿瞳，你怎么了？你受到什么打击了吗？”

“绫子。”我注视着她亚麻色的瞳仁，“我是谁？”

“阿瞳……你当然是阿瞳，是我的好朋友啊！”绫子惊呆的模样非常可爱，正是这个次元中的少女所应有的纯真表情。

“那么，你除了我，还有别的什么朋友？”

绫子茫然地望着我，她的脸色变白了。

“其实，有许多许多漏洞，只要仔细想想就知道。”我冷静地说，“我只顾着拯救世界，从来没有注意过。我们在上初中三年级，可是，你有关于幼儿园、小学的记忆吗？你曾经变换过发型吗？”

绫子说不出话，她看上去就快要哭出来了。

“我是为了使命而存在的。”我遥望着天空之门，“我有重要的信息要告诉他们。实验必须停止，否则世界就会毁灭。可是现在我明白了，光是一味奔跑是办不到的。”

就在绫子随着我的目光望向西南天边的那一刻，爆炸发生了。

我再次醒来。

“绫子，我在想，世界也许不仅是二次元的。”

“你在说什么，阿瞳？世界当然是二次元的啊，你在物理课上没学过吗？”

在蓝紫色的暮天下，绫子惶惑地环顾着四周，仿佛要把那个看不见也摸不着的“二维”拿给我看一样。

我摇摇头：“这个世界有许多地方不对劲。”

我开始迅疾降落，绫子紧随在身后。我们在城市的地面上着陆了。

映入眼帘的一切，让我大吃一惊，绫子惊恐得用手捂住了嘴巴。

空中俯瞰时如同壮丽画卷的城市现出了原形，黑暗、空洞，一无所有。没有街道，没有商场，没有学校，没有公园。只有半空中飘浮着无数屋顶一样的模糊轮廓，遮住了人造太阳的余晖。

最重要的是，这里空无一人。除了我和绫子，这里没有任何人。

我握紧拳头的双臂在愤怒中颤抖。这，就是我牺牲性命也要拯救的城市。

“怎么会这样？”

这疑问注定没有答案。从西南方向传来的光芒，已经照亮了这世界每个黑暗的角落。

我再次醒来。

“我已经猜到了，这个次元，是更高版本的次元创建的。”我在空中对绫子说。

创世者，造物者，神，上帝。每一个次元，对于高于自己的主宰，有着各种各样的叫法。过去，对于自己身处的世界，我从未怀疑过。在二次元的世界里，一旦生为少女，那就永远都是少女。不管外表多么可爱，总有人要肩负起拯救世界的使命，这就是二次元的真理。

可是现在，我深深动摇了。一个无法完成的使命，意义究竟在哪里呢？一个不值得拯救的世界，又是为了什么而存在呢？

我眺望着远方，说出我早已想好的答案："我要和创世者联系。"

我调转平衡翼的方向，向着下面的城市俯冲。距离越近，构成城市的像素就越低，越粗糙，为什么我过去竟没有发现呢？

当那一大片金属灰色的工业区域进入眼帘的时候，我的平衡翼射出纤细的中子光束，准确地穿透了巨大的存储罐，又击中了控制塔。

一声巨响，烈焰冲天而起。紧接着，那一片工业区像化学反应一样，接连绽放五彩斑斓的火光，燃烧过后，变为炭黑色的、凝固不动的像素，像一片疮痍。

"阿瞳，你疯了，你要干什么？"绫子惊恐地喊道。

但我决心已定。我升高后继续俯冲，又先后摧毁了铁塔、摩天轮和集群式的高楼。我逆风飞行，又携带着光束倏然折返。我记忆中的薰衣草田在哪里？长满草莓的山岗在哪里？在月光下吹口琴的男孩在哪里？如果我注定要为使命献身，为什么不给我一个值得保护的世界？

现在，创世者应该感到异样了吧？如果没有，那也没关系，在这样的摧毁中，我感到前所未有的释放和自由。

就在这时，我猛然意识到，距离这个世界的开始，早已超过了17分钟。

翻转的沙漏停止了。

我停下平衡翼。决定我命运的时刻到来了。

“阿瞳，现在我们怎么办？”绫子飞到我身边，惊恐地紧紧依偎着我。

我摇摇头。这是创世者也没料到的脚本吧？现在，我们都只有等待了。

爆炸始终没有到来。时间一分一秒流逝过去，我几乎能听见那透明的“滴答”声。比生命还宝贵的时间，突然无穷无尽地降临在这世界里。

在一座高高的铁塔上，绫子依偎着我睡着了。

“当”的一声，一只漂流瓶跌落在我脚边。我并不惊讶，凭空出现的东西，是符合二次元物理规律的。我拾起瓶子，拔下木塞，里面有一卷纸，还有一支铅笔。

这是一封写给我的信。绫子醒了，紧张地凑过来，和我一起看信。

阿瞳：

很抱歉，现在才写信给你。

我们曾观测到你的异常。在属于你的CG[①]中，每一次抽取到的画面都有所不同，但我们以为那是随机参数决定的。我们没有想到，作为一个NPC人物[②]你会拥有自我意识。你确实生活在由我们公司开发的一款游戏之中。

游戏。我停顿了一下，默默消化这个词语。太可笑了，难道我们的世界仅仅是另一个次元的游戏吗？

① CG：计算机动画，此处指阿瞳在游戏中出现的场景。

② NPC人物：游戏中的非玩家控制角色，一般由计算机的人工智能控制。

你是游戏的背景人物，在片头出场，死于一次失败的高能实验。按三次元的时间计算，你的存在只有17秒。

我和绫子都惊呆了。现在，我不是明明还活着，正在读信吗？

希望你能够理解，真实的世界与二次元不同，充满了痛苦、矛盾与遗憾。发生过的事不能逆转，死去的人不能复活，生命是无比珍贵的。

为此，我们也在以自己的方式拯救世界。与市面上那些单纯宣扬暴力、阻碍心智的游戏不一样，我们对于人类的处境有严肃的思考。少年玩家一旦注册，就开始了他拯救世界的使命。

游戏的背景，是末日战火逼近人类之时。玩家根据喜好和知识储备，可以选择自己的救世方式。无论是选择从政、从军，还是选择科研、发明，少年玩家的世界观会被潜移默化地影响。珍爱生命、反对战争、保护世界的种子会在他心中种下。

我茫然抬起头。从政、从军、科研、发明……这些概念，在二次元的世界里当然也有，然而，只是模糊而遥远的概念，就像天边那些超现实主义的巨大建筑。一瞬间，我无比伤心。在更高的次元中有这么多选择，而我却只能重复同一种失败的命运。

作为主创团队，我们为这个游戏自豪。你无须困惑，也无须为无法完成的任务而痛苦。你的存在是有意义的。少女的死和家园的毁灭，让人了悟战争的残酷，这是我们赋予你的意义。

这就是你想要的答案。

信结束了。

我从未如此愤怒过。我翻过信，在纸的背面匆匆写道：

创世者：

一个次元世界，被更高的次元世界所主宰，也许是无法阻挡的。但是，对于我们来说，我们的世界跟你们的世界一样真实，我们的生命跟你们一样宝贵，为了拯救自己的世界，所做的努力也是一样的。

我要离开这个虚假的地方，完成自己的使命。请你们协助我。

看着我写信的绫子，眼睛里渐渐充满泪光。她拼命点头，握住我的手。

瓶子滚动了一下，回信来了。

“阿瞳，在真实的世界里，灾难已经发生过了。在那场实验意外中，40万人因此丧生。我们是据此为蓝本，创作了片头CG的。你的城市是非玩家场景，难免制作草率。”

“创世者，再重复一次，在我的世界里，我还没有死，灾难还没有发生。”

“阿瞳，也许你很难接受。但你的命运已经被设定。”

“命运是什么？三次元的世界中有没有命运？”

这次的回答来得很慢：

“有。但不是不可改变，我们尽量与命运抗争。但对你来说，命运没有意义。一切都是虚拟的，你的身世和性格都是我们赋予的。”

“但是你的身世和性格又是怎样形成的？是谁赋予的？”

我飞快地反问。

很久没有消息，久得我好像听到那边倒吸一口冷气。最后，答案来了。

“我的身世和性格，是由我独有的经历而形成的。在真实世界中，每个人都有与众不同的经历，形成了各式各样的性格。”

“那么，那些经历又为什么偏偏发生在你身上？你为什么不能是别人？我又为什么是自己？”

“阿瞳，这是连人类都无法回答的哲学问题。”

“创世者，你已经承认，你们的世界也不完美，也有痛苦，有战争，有生老病死和无法回答的问题。也许更高的次元也在主宰着你们的命运，但你们还在努力抗争。为何不允许我拯救自己的世界？”

回信再也没有来。我和绫子困倦地相互依偎着，坐在高塔上。

夜幕降临了，黎明又到来了。在真实的世界里，不知过去了多少时间。我和绫子所在的世界毫无生气、一成不变，仿佛被遗忘了，丢弃了。

人造太阳升起又落，蓝紫色的暮色由深变浅。我们已经失去了感知时间的能力。绫子的亚麻色眼瞳始终那么清澈，在她眸子中映出的我，也仍然是那个明朗的元气少女。我们就这样手握着手，在这个二次元世界的荒凉角落里互相打着气，坚持着，等待着。

终于，如同图纸一样凝固的世界开始变化了。

最先失去的是色彩。从东方的天空开始，这个世界的色块、体积迅速消失，只剩下一行行绿色的代码，像海洋一样，无情地向前推进。我握紧绫子的手，他们要开始彻底毁灭这世界了吗？

就在绿色代码的海洋即将席卷我和绫子的时候，两只美丽的巨鸟向我们飞来，一只是银蓝色，一只是橄榄绿色。我立刻明白，它们不属于这个世界，我从未见过这么细腻的像素和这么绚丽的色彩。而它们，是为我和绫子而来的。

在乘着巨鸟飞离这个世界的时候，我最后的视线，留给了天空之门。

再见，代表无穷无尽的莫比乌斯环。

阿瞳：

在删除你所在的世界之前，我们会把你转移到平行世界里。在那里，你升级为剧情人物，可以与千万个玩家互动，拥有不同的命运脚本。虽然真实性、丰富性还不能与我们的世界相比，但我们尽了最大努力。

我们不会忘记你，游戏史上最勇敢的NPC少女。

这将是我们之间的最后一封信。谢谢你，你教会我们很多。

PS：

经过考虑，我们决定告诉你这件事。

20年前，确实曾有一位叫阿瞳的少女死于那场实验灾难，我们用这样的方式纪念她。你的外貌和源代码都由团队集体创作，但有一位主创人员，输入了他关于你的真实回忆。

也许这就是你最终苏醒的原因。

再见，阿瞳。

现在的我，生活在一个非常精彩的世界中。绫子仍然是我的好朋友，我仍然忙着拯救世界，二次元的世界可以无限重启，我可以不断回到原来的时间点上。而一次对话、一个陌生人、一件道具……可能都是一个契机，所以，故事有千万条线索，千万个走向。我的命运，永远在未来。

当然，我也经常失败，也会遭遇挫折，会痛苦哀伤。但是，我仍然感谢这个不完美的世界。在“真实世界”中的你，人生也是如此吧？

在拯救世界的闲暇，我常常想起那位不知名的主创人员。现在的他，一定常常通过他的世界看着我吧？

紫色的薰衣草花田、月光下的口琴曲……我知道，那些都是属于你和阿瞳的回忆。

谢谢你，把这么珍贵的记忆给了我，我会永远替你保留这些回忆。不管三次元的世界如何沧海桑田，在我的世界里，你永远是草莓成熟时节，与我共舞的少年。

“命运”是什么？

我相信，在任何一个次元中的人，都无法完美地回答这个问题。

但我并不为此困惑。不管身在哪个次元之中，不管登场时间是多久，在命运的舞台上，我们都要全力以赴，演出最好的脚本。

因为，我们都只能拥有这一个世界。

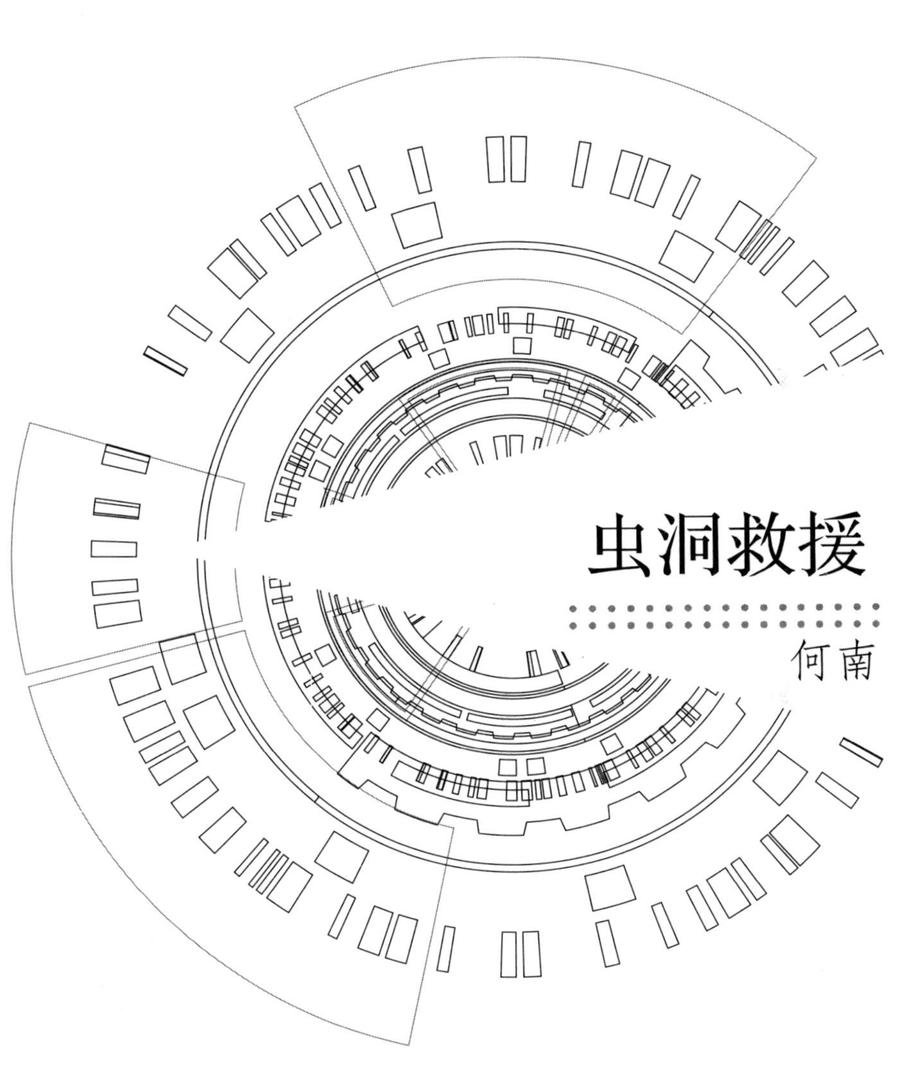

虫洞救援

何南

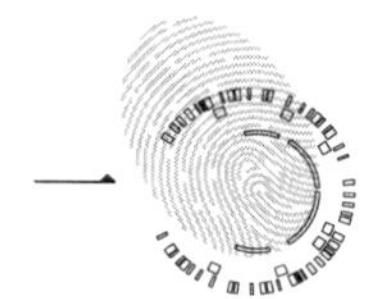

一

3020年的一个春日，熟悉的环境、亲切的花香、清爽的空气，点亮了又一个平常的日子。

“头儿，来一下！”在A国宇航局地面指挥与监测大厅值班的安德烈高声呼喊上司奥利弗。

“你是上司我是上司？这样大呼小叫的，不怕影响别人工作吗？”正在附近巡查的奥利弗有些愠怒地指指大厅。现场静静的，只有大型计算机工作的声响。

但当奥利弗凝视着电子屏幕片刻之后，额头不由得皱成了一个疙瘩。他立即发出指令：“欧文、施罗德，到6号机位来，立刻！马上！”

二

亲爱的朋友：

我是你们的邻居，现在到了生死时刻。请伸出你们的援手！谢谢！

素未谋面的朋友

信号被破译出来后，几个人大眼瞪小眼地看着，脸上写满了疑惑。

“恶作剧？”大家不约而同地质疑道。

安德烈说："虽然求救信号的口气和语言都像极了地球人，但从其来源上判断，它来自一个陌生而遥远的域名。在咱们局的大数据库里，检测不出另一个与它类似的信号源！"

"好啊！又有新客人啦！哥们儿，你立大功了耶！"施罗德夸张地竖起大拇指，接着告诉三名手下，"继续和来历不明的信号源联系，必要时可主动向对方发出信号，把具体情况搞清楚。听我的消息！"

通过几番沟通，安德烈他们大致弄清了求救者面临的窘境——

在执行任务的过程中，来自平行宇宙W星的两位宇航员——令铱·任和意嘉·仝改变了运行轨道，耗费了大量燃料之后，现在他们的飞行器游离于两个平行宇宙之间，再也回不去了，而他们的燃料最多只能支撑七天！

"真的存在另一个宇宙？"不知道安德烈是在自言自语，还是在提问。

"茫茫宇宙中，真的存在另一个我？真的还有一个人颜值像我一样高？"欧文忽然像打了鸡血，做出深情款款的样子，"哥们儿，你在哪儿？听到我的呼唤了吗？"

三

"奥利弗，你是不是把我提拔你的用意随泰坦尼克号一块儿沉到海底了？我让你负责捕获新信号，"亨利站长站起来，在办公室踱着步，压低声音说，"是让你负责国家的安全，是为了防止敌对国对我国有什么不轨。你倒好，手都伸出宇宙了！平行宇宙？那恐怕只存在于科幻小说里，不过是个概念而已！自从1785年赫歇尔首先研究银河系结构，得出银河系恒星分布为扁盘状的结论之后，又1000多年过去了，我们连银河系都没整明白，是否有平行宇宙，你管得着吗？我问你，局里给的经费包括你探测平行宇宙那部分吗？现在，宇航局每年耗费大笔资金却收效甚微，纳税人意见暴增，局长都骂我100次了！当然，总统骂他的次数也不会少。你知道吗？”说到激动处，亨利气得把手里的文件夹砸在桌面上。

“站长，没准这次真是一个机会呢！”奥利弗赔着笑。

“是让我，对，还有你，卷铺盖回家的机会吧？”亨利肥胖的身子坐在宽大的椅子里，“你让我怎么向局长汇报？说平行宇宙的人向我们抛出橄榄枝？”

“站长，纳税人为什么对我们越来越不满？我觉得，民众主要怪咱们没有拿出让他们眼前一亮的成果出来，他们觉得我们的忙碌让他们的钱打了水漂。您设想一下，如果我们把这个消息发布出去，民众还不激动得要爆炸？他们都有好奇心呢！按咱们的盟友C国的话说，这叫八卦心理。我们就是要激发民众的八卦心理！”

亨利思考了半分钟，抬起头来，严肃地告诉奥利弗：“你先回去，让安德烈他们继续盯着，但不要影响其他工作！”

四

为了充分调动宇航局科洛尔局长的注意力，汇报的时候，亨利特意用了文学手法，加入了适当的想象，用了一些引人入胜的描述。

科洛尔局长严厉地挥挥手：“闭嘴，亨利先生！我问你，你还是不是一个科学家？”

“……”亨利疑惑地盯着上司。

“科学的生命是严谨，懂吗？它不是用你的一连串形容词和想象吹出来的！”科洛尔挥挥手，示意亨利离开，见亨利怏怏地走向门口，又补充道，“不要承担你完成不了的事，但一定要信守诺言。知道这是谁的名言吗？乔治·华盛顿！请拿出你的科学精神来，OK？”

“局长，”亨利表情诡异地告诉科洛尔，“科学的每一项巨大成就，都是以大胆的幻想为出发点的。您知道这是谁的名言吗？杜威。敢于想象，正是科学精神的一部分！”

科洛尔亲切地拍拍亨利的肩膀：“老弟，自从由包括我们国家在内的多国科学家拍下银河系中心黑洞SgrA*的图片之后，屈指而计，1000年过去了，对于黑洞的研究却并未取得实质性的进展，民众有意见并没有错。如果现在我再支持你瞎折腾，民众会怎么想？国务卿会怎么想？总统会支持吗？他也没活在真空里，民众的视线像钉子一样揳在他背上！”

“所以局长，”亨利一咬后槽牙，“我们需要——整出点儿动静！”

五

第二天，安德烈他们就得到了反馈：经过奥利弗向亨利站长汇报、亨利向科洛尔局长汇报、科洛尔绕开国务卿向总统汇报之后，取经一样艰难曲折的结果是——被总统否了！

“理由呢？理由呢？”安德烈大叫。

“可怜外宇宙的那一个我喽！”欧文阴阳怪气地长叹。

“我就知道会这样！”施罗德说。

“总统否决一个不靠谱的意见还需要理由？再说了，即使有，他会亲切地拍着我的肩膀跟我说？！”奥利弗吞下一大口水。

“接下来我们……还监测不？”安德烈指指电子屏。

“废话！你入职时的宣誓也跑到外宇宙去啦？”奥利弗气哼哼地甩下一句话。

安德烈、欧文和施罗德像泄了气的皮球，不再说话，似乎一下子也没有了工作的动力。

然而，不可知的远方，一群陌生的人在渴盼着他们；更遥远的远方，更大一群人在等待着他们，陌生而满含渴求的眼神在望着他们。

“干脆，我们研制一个最新型的航天器，亲自去解救他们！”欧文边击掌边说。

“哥们儿，你是说大话专业的高才生，不是研发航天器的科学家！”安德烈“扑哧”笑出了声。

欧文被噎了一下，正想分辩，施罗德说：“安德烈说得对。就算你能研制最新型的航天器，外太空的小伙伴有时间等吗？就算你能搞定，可他们在哪儿？距离我们多少光年？你怎么飞到另一个你身边？就算你能飞，你知道要避开多少个黑洞与白洞，要防止被多少个恒星的尸体撞上？”

“我……我这不是想刺激一下大家嘛！你们真是……一点儿幽默感也没有！”欧文双手一摊。

“是时间没有幽默感！”安德烈伸出右手，比画出“6”的形状，像极了兰花指。

施罗德把安德烈的“兰花指”掰还原，说：“还记得你博士后实习的光辉岁月吗？”

安德烈有点儿蒙，眼神充满迷惑。

“忘啦？看起来你真该按我教的，天天做脑复健了！你在C国国家航天研究实验室工作时，不是有一大拨小伙伴吗？”

安德烈的眼神一下子被点亮了，但很快，小火苗又熄灭了。

六

第三天。一大早，C国国家航天中心副总工程师甄科就接到一个越洋电话。

放下电话，甄科按捺不住心里的激动：这一通电话，不仅验证了他和同事们一直以来的推测，还为他们提供了一个检验国家外太空研究最新成果的绝妙机会！

如果上级同意，没准他们又赢得了一种可贵的精神。1000多年前的人们称白求恩大夫有国际主义精神，他们这叫什么？对，星际主义精神！

星际主义精神！听起来就那么炫酷！

然而，甄科明白，这可不是闹着玩的，上级领导的全盘考虑、巨额的经费、巨大的危险，都是横亘在他面前的高山。

即使上级同意了他的“任性”，他能把平行宇宙的落难者安全救出吗？如果能救出，当然皆大欢喜，一片称赞声。世界，哦，平行宇宙的媒体，会全面报道此事，说此举如何如何彰显了C国航天科技的领先水平，如何实践了C国人民“美美与共，天下大同”的传统理念。如果不成功呢？这责任谁负？唉，先别想那么细那么多那么远，先跟钟总汇报一下再说吧。

总工程师钟程从用屏幕“砌”起的墙上移开目光，亲切地对甄科说：“小甄，就算我没意见，就算首长支持，这可是个根本不可能完成

的任务啊！”

“钟总，我明白。困难是难以想象的大，我们现在甚至都不知道那帮落难的外宇宙朋友在哪儿，距离我们多远，中间隔着多少可怕的不可测的天体，但我还是愿意试一试。咱们国家的科学，尤其是航天，是从一穷二白的废墟上慢慢崛起的，如果没有前辈们的不服输精神，也不会有我们科技领先的今天！”

“好，我原则上支持你，待向领导汇报后再说吧！”

七

“同意啦？哥们儿，你不会糊弄我吧！”远程屏幕前，安德烈竖起大拇指。

“安德烈，这件事得到了我国最高领导人的全力支持！”

“用你们C国话来说，牛！我这就跟我们的新朋友联系！”

然而，这次联系的结果却出乎人的意料：令铱·任和意嘉·仝拒绝了！

“拒绝？那他们还求什么救啊？”甄科直摇头。

“他们说，不该发出那个求救信号，更不想让未曾谋面的朋友冒险！”安德烈耸耸肩。

“冒险？那倒是。以光年计算的距离、数不清的未知天体，还有时间的短暂……看起来这两个哥们儿倒是真义气！”甄科喃喃着，“正因为这样，我们才更应伸出援手了！”

“甄，现在我们怎么办？”

“这样吧，”稍微思索了一下，甄科告诉安德烈，“你继续劝他们，一定要让他们回心转意，不能拒绝地球人温暖有力的帮助不是？关键是……”

“关键是他们的位置，对不？根据对信号源的侦测，我已经计算出他们的大致方位了！”

“太好了！精确吗？”

“宇宙空间的距离推算技术虽已很成熟，但由于我们的朋友的位置始终是个变量，他们的航天器运行速度和轨迹又严重失常，因此只能说我尽力了。”安德烈耸耸肩，“甄，我不理解，即使数据再精确，还有意义吗？就算人家改变了主意，三天时间，以我们航天器的飞行能力，又怎能到达他们身边？”

“但愿他们在我希望他们在的地方。”甄科的话高深莫测。

令铱·任和同事虽同意了甄科即将对他们的施救，但他们还是把疑惑摆到安德烈面前：“仅剩两天，就算我们把精确位置发给你们，有用吗？”

不说他们疑惑，安德烈也如此。他问甄科：“虽然贵国的航天技术早已超越了我国，可要在两天内到达这么远的地方救人，我觉得简直是……天方夜谭！”

“这个你不用管，把信号源移交给我，我跟他们对接吧！”

“要成功，还需要你们的配合。我现在说一下我们的计划。通过对你们所在位置的计算，我们发现你们附近有一个虫洞，你们需要计算出虫洞的具体位置和距离，找到虫洞入口。虽然虫洞具有极强的旋转性和不稳定性，但目前要连接两个不同的时空，我们唯有靠它了！”

“OK！然后呢？”

“我们C国有一个宇宙空间站，正好处在虫洞另一端附近，空间站会派遣宇航员到出口等你们。你们要做的就是在航天器燃料耗尽之前进入虫洞。相关细节将由我们C国宇宙空间站的李鸢鸢和你们对接，顺便说一下，她可是女神级科学家哦！”

八

“李鸢鸢小姐，由于燃料不足，航天器部分功能受限，其中就包括精密计算，恐怕我们难以找到虫洞的精确位置了，你们还是放弃吧！但还是要感谢你们的热情帮助！”

李鸢鸢请示甄科：“怎么办？”

甄科立即召集航天中心所有专家开会，商量对策。形成统一意见后，甄科命令空间站：“反正咱们也要计算虫洞出口的精确位置，就辛苦你们顺便把另一端的位置也计算一下吧！”

李鸢鸢为难地回答：“顺便？甄总，计算距我们较近的虫洞出口虽然困难，但尚可完成。但要计算其入口，您知道，黑洞、白洞之间及其内部的量子纠缠，导致计算的难度前所未有。无论使用三角视差法、造父变星法、光谱光度法、Ia型超新星法还是哈勃定律法，都不能一朝完成，且耗时费力，精度极难保证。万一有误差……”

“试试吧。难道还有更好的办法吗？”

虫洞位置计算出来后，李鸢鸢随即告诉了令钦·任和意嘉·仝，二人感动不已。

“你们先别太激动，还不知道是否准确呢！再说，即使能顺利进入，虫洞中的超强力场也会让你们的航天器瞬间化为齑粉。”

“那……还是算了吧！”意嘉·仝泄气地说。

“哥们儿，你怎么一点儿都不珍惜我们的朋友的热情呢？”令铱·任批评意嘉·仝。

李鸢鸢鼓励他们："别泄气，事在人为。虫洞内吸引力虽强，但反物质的负质量可以中和掉其力场，让虫洞的能量场稳定起来。你们需要在飞往虫洞的过程中尽量收集和捕获这些反物质，为自己穿上一层'铠甲'。"

"可是……"

令铱·任的话未说完，就被李鸢鸢打断了："没有可是。除非你们真想放弃！"

虫洞另一端，李鸢鸢和同事们焦急地等待着，他们惴惴不安地想："这两位新朋友能按时赶到吗？他们积聚的负质量足以抵消虫洞的力场吗？他们长什么样呢？会不会像科幻片里呈现的那样，小身子大头金鱼眼？"

等待拉长了时间。终于，李鸢鸢他们听到了动静。

"来了，来了！"他们惊呼。

令铱·任和意嘉·仝走出航天器舱门。他们真不敢相信，自己竟然还活着！

看到了C国与他们对接的朋友，双方紧紧拥抱，像离散多年又重聚的兄弟姐妹。

"谢谢你们！"令铱·任和意嘉·仝热泪盈眶。

"成功了！终于把你们盼来了！"李鸢鸢梨花一枝春带雨。

九

激动过后，大家都笑了！

原来，令铱·任和意嘉·仝与地球人根本就是同一个人种嘛！不仅如此，语言也一样！细加分析，姓名也相似，只不过姓和名的顺序不同罢了。

平行宇宙中的另一个人类？！复制粘贴的结果？怎么可能？！

说说笑笑回到C国空间站，稍事休息，李鸢鸢及其同事们便与令铱·任和意嘉·仝攀谈了起来。

“我们为了躲避一个黑洞，才让航天器耗费了太多燃料，最后虽然避免了葬身黑洞的劫难，却失去了回去的动能！”安全了，令铱·任才口气轻松起来。

意嘉·仝拍拍同伴的肩膀：“你怎么说一半留一半呢？咱们其实还有一个私心呢！”

令铱·任笑着说：“对，我们想寻找另一个人类。确切地说，我们都有八卦心理，想找找另一个星球上的自己……”

“那……你们找到了吗？”李鸢鸢问。

“没有。”令铱·任不无遗憾地说。

令铱·任和意嘉·仝暂时留在了C国宇宙空间站。这段时间里，经双方最高领导人授权，双方签订了一系列星际合作协议。

他们的航天器终于被修好并充满燃料，他们要回去了。

“鸢鸢，感谢这些天以来的帮助，我们要回去述职了！”令铱·任和意嘉·仝与李鸢鸢一行依依道别。

李鸢鸢垂首片刻，抬起头，喃喃道：“走吧！虽然科学没有国界，但科学家是有国界的……”令铱·任的声音水一样流淌，“这次回去，筹备星际空间站是最重要的目标。相信我，星际空间站建立之日，就是我们重逢之时！”

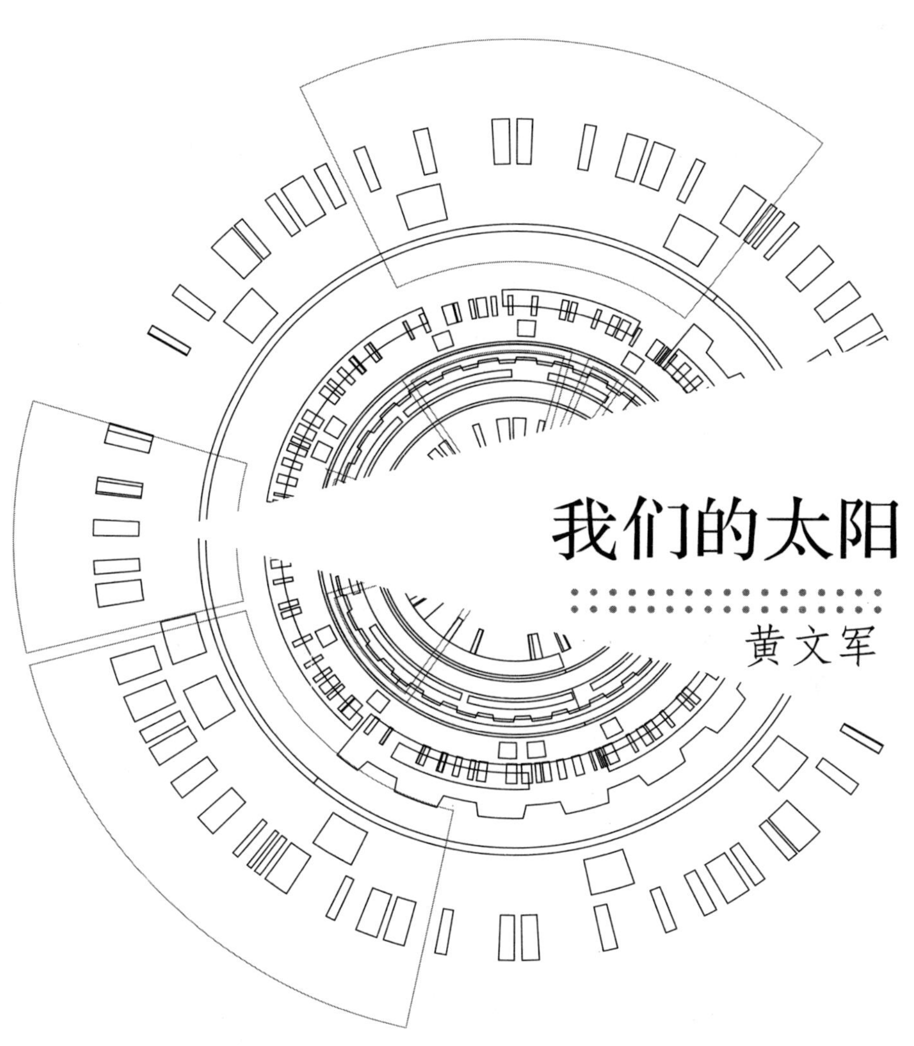

我们的太阳

黄文军

我叫阿星，在香椿星球出生，在香椿星球长大——如果16岁也算长大的话。现在是香椿纪元22世纪，人类进入了联合政府时代。

也许，文明越是高级、越是先进，就越是多元、越是包容吧。这些年，式微已久，甚至销声匿迹有些时日的行业，又一个个地复苏了。

公园的绿地上，立起了一座座草木染坊，它们出品的每一片布料，都带着四季的芬芳。繁华的街头，又出现了摆地摊的人，他们做的草编昆虫、面捏手办，一点都不比星际商城里的逊色。最妙的当属反重力体验馆里的传统爆米花。烧摇摇铁葫芦的大叔一打开盖子，随着一声震耳欲聋的“砰”，奶香四溢的爆米花立刻四溅开来，好似宇宙大爆炸。至于我嘛，在村边租了几间小房子，上课之余，孵起了小鸭子。

我用的也是传统手法，是从掌心电脑上看来的——12岁满轮那年，联合政府的工作人员会在我们的掌心植入一枚芯片和一块小小的柔性屏幕，以便我们获取资讯，或者听从调遣。

这种孵蛋方法很有趣。首先是看蛋，拿起一枚鸭蛋放在灯光下照，看看有没有小黑点。没有，就挑出来，第二天给弟弟做香椿炒蛋、韭菜炒蛋、番茄炒蛋、黄瓜炒蛋或者虾仁炒蛋。有，就小心翼翼地放在孵床上，用稻草围拢，用灯光照着，用仪器监测温度和湿度，尽可能给它们一种在鸭妈妈温柔的翅膀下的感觉。鸭子刚出壳时，湿漉漉的样子虽丑，却惹人怜爱。不久，它们就会变得毛茸茸的，又那么讨人欢喜。

不过，最近的孵蛋很不顺利，上学去时明明好好的，回家一看，它们就变成“哑蛋”了。再这么下去，我就没钱读书，也没钱养活弟弟了。

这天夜晚，我正瞪大了眼睛，在掌心电脑上仔细查询原因，屋里的光线突然忽明忽暗地闪烁起来，网络时断时续。

“小溪，别玩遥控竹蜻蜓了，都挡到网光了。”我有些生气地说。

“我没玩啊。”弟弟无辜地嘟起了嘴，都能挂一个可降解菜篮了。

“那网灯怎么会闪那么厉害？”

“我怎么知道。”

哦，是时候科普一下了。香椿纪元21世纪的后半叶，我们星球就全面启用了LiFi技术。所谓LiFi，就是Light Fidelity的缩写，意思是可见光无线通信。只要给普通的LED灯安装一个微芯片，就可以利用灯泡来发送数据。在微芯片的操控下，灯泡每秒可以闪烁数百万次，亮起时，就是1，熄灭时，就是0。这种闪烁，肉眼完全不能察觉，传播二进制数据却很快，而且很安全。一张薄纸，就能防止别人蹭网了。

但今天的闪烁非同一般，有点像练胆屋里的特效，更像是闪电。是的，网灯亮起时，有白昼那么亮堂，暗下去时，却不如萤火虫的微光，可不就是闪电？

怎么回事呢？我点开掌心电脑上的聊天器，想问问同学家里有没有类似的情况。突然，头顶的灯光变得超新星一样耀眼，屋子里的一切都白得看不清了，然后“啪”的一声，网灯爆了，碎玻璃落了一地，四下里也黑黢黢的，什么都看不见了。

“大海哥哥。”弟弟紧紧抱住了我的大腿，我能感觉到他的身体在剧烈颤抖。

“别怕，小溪。”我温柔地摸着他的头。

过了好一会儿，我才想起出门看看。外面天气不错，双月朗照，星光熠熠，不过，所有的楼房都黑着，仿佛整个世界都陷入了沉睡。看样子，别人家的网灯也都爆掉了。没有网灯，就没有网络，意识到这一点后，我的背脊一阵发凉，仿佛自己和弟弟坐在一张小小的树叶上，而周围则是无边无际的浑浊海水。

“大海哥哥，到底发生了什么？”弟弟带着哭腔问。

“我……我不知道，不过放心吧，天总会亮的。”我蹲下来，微笑着抹了抹弟弟的眼角，“不如我们看会儿星星吧。”

“嗯！”

也不知过了多久，村口的大喇叭突然乌鸦似的响了起来。没错，在这场旧物复苏运动中，装有大喇叭的木杆子也一根根立了起来，不单乡村有，城市里更多。它们播新闻，放歌曲，讲笑话，倒也有趣。

“各位公民，请不必过于恐慌。刚才的连环灯爆，是近日太阳活动骤增，整个星球的电路系统超负荷所致，而非恐怖袭击。不过，修复庞大的电路尚需时日。而且，根据卫星监测，太阳的剧烈活动将持续一个世纪以上。为避免一次又一次的连环灯爆，总统先生决定，与其耗巨资修复LiFi系统，不如重启SunFi计划，造福大家。”

LiFi系统建成后不久，总统先生就提出了SunFi的构想。方法是：在香椿星球和太阳之间的拉格朗日点上，安置一块巨大的每秒能打开、关闭透光微孔数百万次的闪烁膜，再配上一块大芯片。这样一来，凡有阳光照耀的地方，就有畅通的网络。到了夜晚也不用担心，香椿星球有东月、西月两颗卫星，哪怕天气不好，也是东方不亮西方亮，再弄个附属的MoonFi，就绝不会断网。

只不过，建造这样巨大的闪烁膜和大芯片，很不容易，也很费钱。所以，SunFi计划一经提出，就受到了一些质疑，被搁置至今。

广播里继续发出好听的男中音："当然喽，谁都知道，建造SunFi是很不容易的事。不过，俗话说得好，众人拾柴火焰高，众人尖叫狗跑得快，为了节省时间和金钱，总统先生决定，利用既有的LiFi小芯片来组装SunFi大芯片。所以，从现在开始，请大家速速拆下自家网灯中的小芯片，交由联合政府。至于夜晚的照明，联合政府会免费派发精油蜡烛。谢谢大家配合。祝大家拆灯愉快，点蜡烛愉快！"

话音未落，广播里就响起了一段震天的欢呼声和一段喧天的锣鼓声，营造出了一种全民一心的气氛。

香椿星球的居民是很淳朴的。总统先生一倡议，大家就积极行动起来了。小榔头敲起来，小螺丝刀拧起来，小扳手转起来，小镊子夹起来，小美工刀划起来，小芯片拆起来。

大家见面时的问候语也变了。以前是"你吃了吗？"，现在是"你拆了吗？"；以前是"你打球真帅！"，现在是"你拆小芯片真帅！"；以前是"你手捧鲜花的样子，真可爱！"，现在是"你手捧小芯片的样子，真可爱！"。

就连那个著名的无糖口香糖的广告语也变了：

"喂，你的小芯片！"

"不，是你的小芯片！"

当然喽，没有了网灯，我们都没法在掌心电脑上观看这则广告，只能在广播里收听。不过，听能触发想象，也是不错的体验。

"大海哥哥，为什么邻居家的大门上都贴了香椿侠的贴纸？"这天，弟弟眨着天真的大眼睛问我。

"因为他们都交出了小芯片，联合政府奖励了他们。"

“那我们怎么还没交？是哥哥不会拆小芯片吗？”

“是啊，我只是个中学生，除了读书、孵鸭蛋，啥也不会。”

“我才读幼儿园呢，除了逗哥哥笑、惹哥哥生气，也是啥也不会。”

“看来，我们得求助警察了。”

我拉开抽屉，找出了备用的孵蛋灯，拧到了网灯的灯座上，然后接通了直流电源。真不错，还能亮，还能传输数据。

我赶紧给警察局拨打网络电话，传回来的却一直是“嘟嘟嘟”的忙音，看来，爱岗敬业的警察们也早就以身垂范，将小芯片拆除了。

“拆不了就留着吧。全球那么多芯片，不差我们这一个。”我说。

“嗯。”弟弟点头，然后拉着我的衣角，要我陪他出去玩纸飞机。

“等下，等下，等我收好备用灯。”

天空真蓝啊！白云之下，是翱翔的大鸟；大鸟之下，是扑棱棱展翅的小鸟；小鸟之下，是我和弟弟折的纸飞机。白云之上，则是联合政府的火箭，它们载着闪烁膜和芯片组件，带着我们对于未来的憧憬，拖着长长的尾迹，一枚枚地往深空飞去。

玩着玩着，弟弟突然坐在地上，哇哇大哭起来。

“我不想玩纸飞机了，我也想要在大门上贴香椿侠，我就喜欢每根头发都是香椿叶子的香椿侠。”

“好好好，我给你画。”

我学习不错，临摹更是好，很快就画了一个一模一样的香椿侠。把它贴在大门上，弟弟终于笑了。

那天夜里，联合政府的工作人员来我们村巡逻。当时，我没有开备用灯，而是在用自己的身体给鸭蛋加温。弟弟则在外面听蛐蛐和纺织娘唱歌，看萤火虫飞舞。他们走后，弟弟笑嘻嘻地跑进屋，朝我竖起了大拇指："大海哥哥真棒，画得真像，他们没看出来。"

"你没说出来吧，说了他们会难堪的。"

"没说啊。哥哥教过我的，看破不说破，不能让别人出丑。"

"嗯，真乖！"

……

时光的车轮滚滚向前，一年过去了。

这一年，大家过得挺煎熬，毕竟，曾经无时无刻不包裹着自己的网络，消失了整整一年。一开始，很多人像离了水的鱼一般难受，可一想到伟大的SunFi，大家便都咬牙坚持了下来。

椿芽节是总统先生宣布的SunFi启用的日子。那天黎明，大家早早地起床，虔诚地沐浴、更衣，面向东方的地平线肃立。

终于，东方露出鱼肚白，肃立着的千百万人同时摊开了掌心，让微弱的阳光照在掌心电脑上。那场面，着实壮观无比，如同神迹。

我当然也不例外。我甚至还采了木槿的叶子，给我和弟弟洗了一个纯天然的澡。弟弟兴奋地骑在我的肩上，高喊着："SunFi，SunFi！"

搜寻，搜寻，再搜寻……

好奇怪啊，为什么太阳光越来越强烈，SunFi的信号却始终搜索不到呢？不止我，大家也都惊呆了，杵在原地，不知所措。

"大海，SunFi第一天就坏了吗？"

"我们不是还有个备用灯，可以使用LiFi吗？我们这就回家去，查查看到底什么问题。"我轻声对弟弟说。

"好。"

我原本只是想搜索一下有关SunFi的新闻，不想却意外接入了总统先生的绝密电脑。

这件事情很不寻常，但我很快就想明白了怎么回事。一是大家都拆除了LiFi小芯片，如今能上网的，除了我，就只有总统先生了。二是环球网络安全部门的工作人员也拆除了小芯片，没法对我拦截。

我对总统先生的印象很不错，就单刀直入地问了："尊敬的总统先生，请问SunFi是不是发生了一点儿小意外？何时才能修复？"

"您好，总统先生，他不在。"代管机器人回答。

"他去哪里了？"

"您好，总统先生，他不在。"代管机器人重复。

"他何时能回来？"

"您好，总统先生，他不在。"

"你能说点别的吗？"

"您好，总统先生，他不在。"

……

"哥哥，我们报警吧，总统先生很可能被坏人挟持了。"

"可是，警察局的网络电话打不通啊！"

"我们可以跑过去啊！"

很多时候，还是小孩子有办法呀！

我和弟弟飞奔到警察局，简要说了一遍事情的经过。警察也意识到了事情的严重性，立即组建了一个小分队，驾着吉普，载着我和弟弟，朝总统先生官邸疾驰而去。

总统先生的官邸，位于六芒星大楼的中心。此刻，整片大楼空空如也，宛如一座鬼城。没有一名守卫，没有一只警犬，门禁系统也早已作古，我们简直是长驱直入。

终于，我们进入了总统先生的办公室，来到了那台绝密电脑前。屏幕上显示的，是璀璨的星空。群星中游弋的，是一艘艘飞船。

“警察叔叔，这是什么，动态屏保吗？”

“让我瞧瞧。”精通电脑的警察上前查看。很快，他的两道眉毛就挤到了一处。

“怎么了？”我询问。

“这不是屏保，是星际导航三维图。你们瞧，这些处于高速航行中的就是总统先生和他的幕僚们乘坐的飞船。从星图上看，他们即将飞出香椿星系。”

“他们为什么要这么做？”

“不知道。”警察摇摇头，继续调查总统先生的电脑，他的脸色越来越难看，“糟了。原来之前的连环灯爆，是总统先生一手策划的，目的就是引出SunFi计划。而SunFi计划的真正意图，是让所有人都卸掉LiFi，从而失去与外界的联系。而他自己则带着无数的财宝，和他的贴心幕僚们溜之大吉，去往一颗他们新发现的宜居星球。”

“这么说来，前阵子升空的火箭，并不是载着闪烁膜和芯片去深空组装的，而是载着总统先生一伙离开地球的？”我倒吸了一口凉气。

“那倒不是，那些火箭还真是载着闪烁膜和芯片升空的。不过，也就是掩人耳目的伎俩罢了。其余的芯片，尽数被销毁了。”

“警察叔叔，我们有办法让总统先生的飞船改变航线，回到香椿星球，接受大家的审判吗？”

“很难。毕竟是总统的电脑，我有本事读取，却没能力修改。除非有第二台能联网的电脑，秘密入侵。只可惜，我们已经彻底失去LiFi了，哪来那样的电脑呢？”

“我们家有啊！”

“不可能。绝密电脑还显示，本次小芯片的回收率是百分之百，但凡门上没有贴香椿侠的，都被巡逻者抓走了，芯片也被强拆了。”

“去我们家就是了。”我来不及多做解释了。

吉普车再次飞驰，来到了我家。警察看看门上的香椿侠，再看看屋里用孵蛋小灯改造的网灯，还是一头雾水。不过，他并没有打破砂锅问到底，而是认真而紧张地指导我怎么入侵总统先生的绝密电脑，怎么偷偷改变他们的航线，怎么悄悄释放他们的燃料。

我正准备将终点设为香椿星球呢，精通电脑的警察突然一拍脑门：“对啊，总统先生的飞船外壳上就有很多LED灯啊，不如让他们的飞船停在与香椿星球同步的轨道上。我们再发射无人机，把深空中的芯片取回来，安上去，这么一来，他们不就变成小型SunFi了？我想，让他们悬停在茫茫太空，为人类发光，并传输网络，这才是对他们最好的惩罚吧。”

“可是，这样的SunFi未免太小了，不能惠及大家呀。”我说。

“我们可以把剩余的芯片拉回香椿星球，通过研发制造，恢复LiFi系统啊。连古法孵蛋都能恢复，LiFi怎么就不能恢复？”

“是啊，是啊！”我和弟弟都笑了。

就在这时，我们听见了“咔嚓咔嚓”的微响。噢，可爱的小鸭子的嘴巴，从蛋壳里伸出来啦！

宇宙是片思念海

段子期

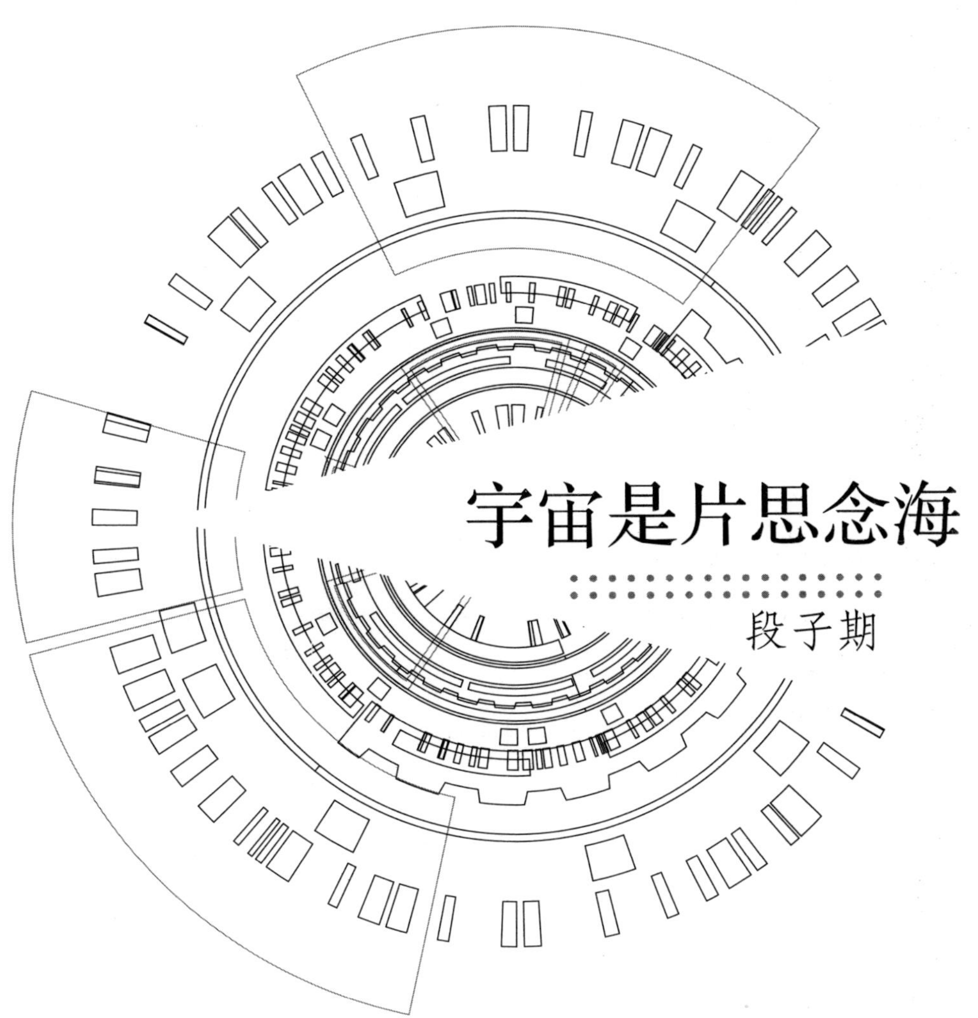

夜色再次降临的时候，我和小伊一起登上思念海的灯塔。对，这片海就叫作“思念”，海水在夜晚是蓝色的，白天会染成明晃晃的金色。今天同往常一样，夜空中一颗星星都没有，黑黑的，什么也看不到。我叹了口气，海面上随即掀起一阵潮涌。

我拉着她冰凉的手说：“小伊，我们回去吧，还是没有。”

“再等等吧，万一今晚有奇迹出现呢！”她回过头冲我笑了笑，双手握成拳放在胸口，继续祈祷。

灯塔上的风穿过脖颈，我怕她着凉，把衣服脱下披在她身上，“就算有流星，那也很短暂啦，要不，我给你画一颗好不好？”

“不要，我就要等它出现，我想亲眼看看……如果幸运一点，还能遇见大片的流星雨，那就更美啦！”

“那好吧，等到海水变成深蓝色，我们就回去，好不好？”

她笑着点点头，眼睛弯成一轮月亮。

为了看流星，我们已经在这个星球上等了好长好长的时间，长得像一生。

这是一颗特别的星球，它的太阳不在外太空，而是在另一个平面，就像是镜子的背面。我们没有办法围绕着太阳转动，只能孤零零地悬挂在寂静的太空。尽管如此，我们这里却有正常的白天与黑夜，有四季变化，有飞鸟和鱼，有海洋和月亮，却唯独夜里没有星星，一颗都没有。

我们听这颗星球上的大人们说，有不少人住在太空里，在距离星球几万千米的地方，他们建造了一座漂浮的金属房子。那些人很久都没回家了，虽然很想念家，但他们为了让星球上有阳光、温度和四季，只能一直待在那里，为星球上的人们工作。

他们每天都要检查和维护一面镜子。据说，那是一面大到可以覆盖整片海洋的镜子，不，比思念海还要大十倍。他们要将轨道上的这幅巨型镜面调整到正确的角度，才能将那个平面里的太阳光反射过来，照在星球上，同时要配合地轴自转的角度，星球上才会有规律的日出和日落，才有白天和黑夜。

“树葳，等我们长大了，也会成为这颗星球的守护者吧！”在一堂观星课结束后，小伊对我说。

她热爱冒险，喜欢新鲜的事物，对宇宙的一切充满好奇，我好像跟她不一样。我吞吞吐吐地说：“其实我哪里也不想去呀，只想跟你待在一起！如果要去那么远的地方，我会，我会……”

“害怕吗？”

我没回答。

我们都不记得是哪一天来到这里的，时间太长太久，连地球也快遗忘，那些记忆远得像一个影子。另外，我们到现在也没长大，依旧是12岁少年的模样，不只外表，还有我们的心。

这颗星球叫作思念星，思念太阳，思念那些离开去太空的人。星球原住民大多都是跟我们一般大的孩子，只有那些去了外太空的人才会长大、变老。我们这群小孩最常去的地方就是思念海，那片海在夜晚时像极了地球的海洋。据说，那是生命最初诞生的地方。

此刻，太阳光应该在思念海的下面，海水的颜色变得越来越深，到最深的时候，阳光会一点点爬上来，把海水染成金色。在此之前，我们翻过一座山和一片森林，回到村落。那晚，我做了一个长长的梦，梦里我们都长大了，去到离思念星很遥远的地方，远得像脑海中无法打捞的记忆。

我和小伊从未分开过，从上课、劳作到闲暇时间，每个小孩子都有一个形影不离的伙伴，但我有种预感，她迟早会离开我。

第二天的美术课，老师让我们画一幅最美的风景，我举手上前，在黑板上画了一颗流星。老师望着黑板出神，然后说，在很久很久以前，地球上的人们会对着流星许愿，如果被神明听到，神明就会满足他的愿望。

下课后，我悄悄问小伊："如果看到流星，你要许什么愿望？"

"不告诉你，等有了流星再说！"

见我沉默，她便问我："那你呢？"

"希望我们不要分开。"我说完瞥向她。她笑了下，侧过脸看向别处。

每当夜色降临，我们依旧会去思念海，望着夜空等待奇迹出现，然后默默祈祷。但小伊不满足只是祈祷，她想要飞到天上去。

不久后，太空上的金属房子向思念星发出召唤，要征集10名孩子，他们将接替上一代"追光者"去拨弄那面镜子，将背面的太阳光照射过来，维持思念星自然规律的运转。小伊终于等来了机会，兴奋地报名参加，而我犹豫了好久。

报名的孩子有30来个，小伊最终落选了，她没有通过基因健康检测一项，不符合在太空站工作的基本要求。而我，却意外被选上了。得知结果的那天，她笑着擦掉眼泪，送我一颗手折的星星，乞求我代替她去太空，去看看那面镜子，去看看广阔的宇宙，也许有一天我还能找回那些消失的星星。

她的眼神充满了令人无法拒绝的渴望，而我却感到甜蜜而忧伤。

思念海每天都会从蓝色变成金色，过了盛夏时节，我们就要出发去太空了。热气球一样的小飞船带着我们飞离地面，我看到地面上的人越来越小，像蚂蚁，最后变成尘埃。关于离别那一刻的情景，在我的记忆中已变得模糊，除了小伊止不住的眼泪，像一颗颗坠落的星星。我一直不明白她为何那样喜欢流星，那些从前只能在地球上看到的流星。

抵达金属房子后很长一段时间，我们每天都拼命学习知识，上一代“追光者”告诉我们如何在太空中行走，如何吃饭睡觉，怎样观测镜子的角度，怎样标记思念星地轴的位置。不久后，我发现自己的身体有了些变化，我的手指、手臂、腿在变长，肩膀在变宽，我们必须换上新的太空服，练习在镜面上行走。

起初，我每天都会通过金属房子与地面的通信系统跟小伊联系，但我逐渐发现，我们之间存在不小的时间差。我告诉她我的变化，她却重复描述着从蓝色变成金色的思念海。她无法理解的是，我为何能在同样的时间内渐渐长大。

上一代“追光者”回到思念星之前，我从他们口中得知，思念星是没有时间流逝的，它的公转没有恒星参与，自转也只不过是原地打转而已，在那里可以永远做个小孩，不用长大和变老。而去往太空的我们，就要直面时间，扛起自己的使命了。

小伊传来的信息里，最后一句永远是——去远方吧，追光者。

她的愿望支撑我在金属房子里度过了一天又一天，可是，没人搞懂消失的星星到底在哪里。直到某一天，我第一次独立在镜面行走，撬动镜面中央支点的时候，发现在很远处的镜面边缘有一根模糊的线条，我猜想，那该不会是这个宇宙的边缘?

我心怀好奇，没跟同伴汇报便乘坐穿梭机向边缘处驶去。太空给我的感觉像是一片寂静幽暗的海洋，幸好还有穿梭机前端的光线划破黑暗，否则我会被自己的恐惧吞噬。看不到前路有多远，我感到惶惶无所依，也许——太空，才是真正的思念海。

不知过去多久，我到达了边缘。这里什么都没有，茫茫然一片空寂，没有时间和空间，像是某个原点，又或是宇宙尽头。但不久，太阳光线从边缘的缝隙中钻了出来，我的目光追随着那道刺眼的光，它向前飞去，很快会抵达镜面，然后被反射到思念星的海平线，星球上的日出就要来了!

我心里一阵狂喜，太阳就躲在眼前的缝隙之外，这光线应该是从母宇宙溢出来的吧？不如趁现在开始这场疯狂的冒险，我想，如果是小伊，她也一定会这么做。我将穿梭机的航行速度开到最大，驶向边缘，渐渐靠近那毛茸茸的边界线。很快，我感到一阵眩晕，也许是光线太耀眼的缘故，我竟然晕了过去。

等醒来时，我发现自己身处另一个奇妙的地方，不是太空站，不是宇宙边缘，而是另一个宇宙的中心，一个形似广场的中央星站。我缓缓睁开眼睛，迎接我的是闪耀的群星，那些光芒疯狂地向我涌来，我感觉自己和星光正互相捕获，它们就像一支支离弦之箭，正中我的靶心。从漫天星辰的梦幻中抽离，我望向周围，此刻我站立的地方似乎是一颗主星，可以清晰地看到所有星星点缀在黑丝绒般的宇宙背景上，那些光芒是如此耀眼、壮丽而神圣。

我找到了它们，是星星，是小伊日思夜想的星星！它们一直都在，从来没有消失过！

中央星站的夜晚热闹极了，我就像个孩子闯入了一个万花筒般的世界。此时，一个大哥哥向我走来，他躬身致意："树葳，你好，我是机器人DS-339，我的同伴在太空104号基地救回了你，还有一辆损坏的穿梭机，我们已经修好并将它升级了。但我看你好像不属于这里？"

"这是哪儿？"我望向四周，对眼前的一切充满好奇。

他脸庞清秀，蓝色眼睛迅速将我扫描一番："这里是银河系的序列主星A11星球，而树葳是来自遥远宇宙的……"

"思念星！"

"噢，思念星？我没听说过。这里是位面127号宇宙，严格意义上说，树葳不应该出现在这里。就像在你梦里的人，不可能来到现实世界。你的世界和我的世界，就像镜子的两面，永远也无法跨越。"

"什么意思？"

他手舞足蹈地继续说了很多，大多数我都没听懂。待他说完，我央求他领我参观中央星站的城邦，他似乎没有赶我走的意思。这是一个与思念星完全不同的星球，这里都是大人，没有小孩。他们身材修长，穿着金属制作的衣服，有的飞行在半空，有的身上发着光，有的则住在机器里。

我不停追问："这些星星在哪儿，它们的光都是从哪里来的？"

他微笑的神情令我想起思念星上的大人："你看，天空中有的星星会闪烁，有的不会，会闪烁的是恒星，因为恒星自己会发光。而那些不会闪烁的，都是行星、卫星、小行星或尘埃物质，它们依靠反射恒星的光线发光。它们哪，都在距离这里很远的光年以外，所以，我们现在看到的星光都是来自几百万年前，甚至好几亿年前呢！对了，还有流星，诗人说，星星因思念而坠落，才成了流星……”

他的声音沉稳清亮，令人心安，我细细琢磨着刚刚听到的一切。

他的眼睛又向星空扫描，然后指向其中一颗：“看，那颗，应该就是你的思念星了。”

“啊？那思念星距离这里多远？”

“远到无法计算呢，它在另一个宇宙。”

我拉住他的手急切地问：“所以，只有光才能穿越两个不同的宇宙？那我如何能让思念星的人看到这里的星光呢？”

“在他们的世界中，A11星是夜空中的星星，在我们的世界中，思念星也是挂在天上的星星。那里的人看不到星星，可能是光线在奔来的途中被虫洞吞没了，光被偷走了；又或者，是因为思念星只存在于暗宇宙，所以，你们一直看不到。”

我被他的话打乱了思绪：“我不明白，你就说，我要怎么做！”见他迟迟未回答，我有些赌气，自顾自往前跑走了。

“你去哪？”

我大声喊：“去把虫洞毁掉！”

DS-339追上我：“如果你想知道，我可以带你去找盖亚。”

我停下脚步，收敛情绪，转身看向他：“盖亚是谁？”

“他是这个星球的统治者，或者说，他就是这颗星球本身。”他缓缓答道。

见到盖亚的时候，我们在位于A11星地下的一个巨大腔室里，准确地说，他是一台具有生物形态的超级计算机。他整体看来像一棵大树，树皮里层有细细的发光体在游走，树枝、树叶盘踞在树干周围，繁茂极了。DS－339说，盖亚身体里储存着宇宙中所有的知识，那些发光的是数字晶体，也是来回游走的生物电流，就像人的大脑通过神经元导电传递，以此来进行计算和思考。只不过，他的思考是宇宙级的。

我可以向盖亚提出一个问题，但要用相应的能量作为交换。

此刻，在神明面前，我攥紧双手，完全不知所措："盖亚，我想问……我要怎么做才能让思念星的夜空看到星星，甚至是流星？"

盖亚的树干在发光，接着，他发出低沉的人声："去虫洞那头，把思念星拽回来，把它带回母宇宙。去远方吧，追光者，坐上你的飞船，去那个虫洞。"

我继续聆听，但他没有再开口的意思。

"我还是不懂，能否请您……"

接着，盖亚的树枝里缓缓生出一枚新的发光树叶，树枝迅速伸长到我面前，等待我摘下。

DS－339轻碰我的肩膀，说："带着它，登上你的飞船。"

我点点头，抬头仰望他的瞬间，被他的眼神击中，像一个久违的伙伴。

我回头看了看盖亚，转而问DS－339："那我用什么来交换呢？"

他没回答。在告别的时候，他对我说，他曾经问盖亚怎样才能成为一个真正的人。盖亚回答，学会爱。

"爱就是为她去找回星星，我明白了，树葳。真羡慕你啊，去吧，去远方吧。"他向我挥手告别。

群星在中央星站上空闪烁着，抬头看，有虹霓流转不停，光色莫定，绚烂极了。我真想送给DS－339一个名字，小伊在的话，她一定会给每颗星星都取一个名字。

再见了，我的朋友。

我登上升级后的穿梭机，它现在像一条大鱼，又像巨大的热气球。我把树叶芯片插进飞船主系统里，航程便自动设置好了，我们很快飞离A11星，向未知的宇宙前进，此刻在星辰间遨游，探手即是光芒。人工智能Sim提醒我需要一场冬眠，他的声音跟DS-339一模一样。他说，前方路漫漫，会有很多星星为我们送别。

不知过去多久，我从冬眠中醒来，睁开眼看什么都是带着光晕的。飞船停泊在银河系边缘的荒芜之地，这里星光稀少，我恍然发觉，自己已离开思念星太久太久。

Sim提醒我，在虫洞这边是母宇宙，在另外一边则是暗宇宙。接近虫洞边缘，所有光都无法逃逸，所有物质都会被挤压成零质量。如果要把思念星拉过来，需要很大的能量作为抵押。

从Sim口中我逐渐理解暗宇宙是什么意思。原来，思念星只是地球在暗宇宙投下的影子，一个镜像，一个不实的存在。如同揽镜自照，镜中人永远也无法来到真实世界。

“难道盖亚给的芯片能做到？”我问Sim。

“能，”Sim说，“只要告诉我你的选择。一，在虫洞这边，把母宇宙的星光送过去，思念星不会发生任何变化，当然，星光也不过是影子而已；二，把思念星移过来，来到真实世界，有了时间和空间，能看到星星、流星，但上面的人会长大、变老，还会死去……”

“什么叫作……死去？”

“就是离开、不在了，跟这个世界永别。”

“可我觉得，那是重新归来的意思。”

Sim沉默片刻后说：“所以，你想好了吗，要怎么选？”

当四周重归寂静，我在想，以后要怎么跟小伊描述这一切——

母宇宙的规则完全不同，我可以在银河里打捞星星，可以追逐太阳的光，我度过的每一天都有始有终；我正在长大，终有一天还会老去、死亡；我会因为思念一个人、一个地方而充满勇气。母宇宙还有好多神奇的物与景，她有无限的时间和空间，但却因为我们拥有了生命而变得有限。

我的选择不会错吧，小伊，你想要的是真实的星星。

芯片启动最后的程序，飞船像一块磁铁在吸收周围的星际物质，它变得越来越大，大得像一只海中巨鲸。接着，它开始靠近虫洞边缘。很快，虫洞对飞船的引力到达了临界点。飞船启动引擎，向虫洞的反方向加速，希望能利用这样的反引力作用将思念星拉过来。

Sim提示，虫洞两边的能量值不均衡，正如一场拔河，力气大的一方胜出。我突然想起盖亚的话，我必须偿还能量。没有别的办法，我即刻离开飞船，向虫洞游去，仿佛在海中逆行而上。所有光线正掠过视网膜，我就像一位驰骋于穹宇的勇士，忙得星辰满身。

接近虫洞边缘，我感觉自身的存在像轮廓线一样被轻轻擦除。而眼前的虫洞，明明是一个万花筒、望远镜，能从里面清晰地看到思念星的模样，它是那么纯净、可爱，惹人心疼。

很快，我变成了光的存在，一束奔向虫洞又折返跑的光，一束指引船只靠岸的灯塔上的光。光线收束的一瞬间，暗宇宙翻转了过来，思念星从影子变成了一颗真实存在的星球。

“欢迎思念星来到母宇宙。”Sim痛快地发出宇宙广播。

小伊看到星星的那天，我已经去到了不能返回的远方。

我还记得DS-339说，星星因思念而坠落，才成了流星。现在，她的星星就闪耀在夜空中，而我，从虫洞边缘溢出来，往下坠落、坠落，落到思念星的上方，变成一颗只属于她的流星。

她会双手握在胸口许愿，那个愿望像一个咒语。

从前，宇宙是一片思念的海洋，我们在那里出生、长大，还会老去、死亡，再重新归来。人们看见流星时许的愿望，会被神明听见。

每当思念海变得深蓝，她会清晰地看见一颗流星划过，而我，将一遍又一遍聆听着她的愿望。我想，我会用尽一切办法，帮她实现。

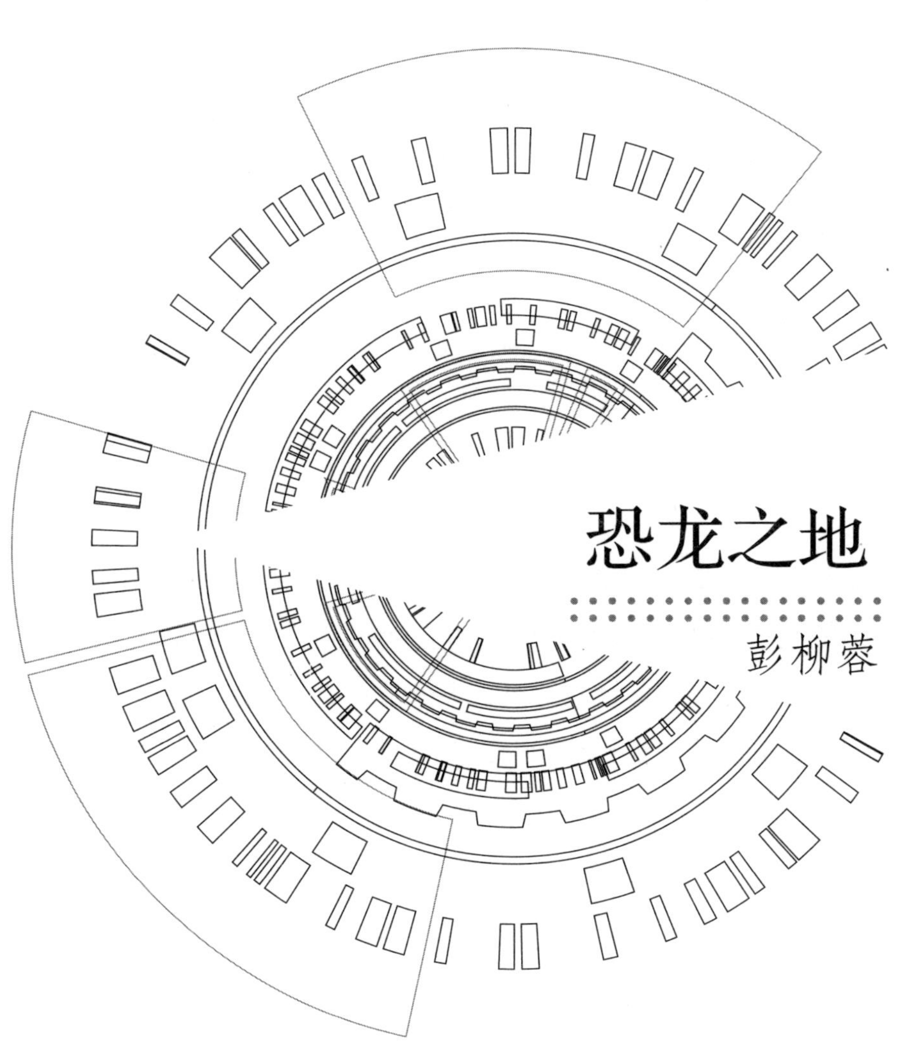

恐龙之地

彭柳蓉

一、过去的星空

白垩纪的星空，银河低垂，群星无言。月光从高处落下，不远处的大湖湖面波光荡漾，是梦境里才有的模样。一只迅猛龙在湖畔饮水，月光让它粗糙发灰的皮肤也变得仿佛在发光。它是夜行肉食恐龙，夜里的迅猛龙大部分生物都不会轻易招惹。

12岁的洛星躺在星船舱房里，注视着迅猛龙，这是他在白垩纪的第一个夜晚。他好不容易考上太阳系外的归墟星联合中学，从地球乘坐免费的星船前往归墟星。归墟星联合中学只收精英学生，进入学校后，还要进行为期三个月的考核，才能确定自己的专业方向。洛星属意的专业是星舰指挥专业。他总是梦想着有一天能带领他的星舰穿越茫茫宇宙，欣赏瑰丽的宇宙奇景，发现新的矿产星和宜居星。

没人想到，因为遇到时间褶皱事故，星船穿越亿万年的时光出现在了白垩纪的大陆上空。星船在事故中受损，坠落在森林里，在旅行舱里的100个学生都活着，执行船长和船员却在时间褶皱事件里化为乌有。

那只迅猛龙的头部很长，有着咬合力惊人的上下颌，嘴里的牙齿像匕首一样锋利，咬住猎物时，猎物根本无法挣脱。真是令人害怕的家伙，洛星想。

迅猛龙似乎感受到了洛星的视线，警觉地望了过来。洛星下意识地缩了缩脖子。星船坠落在这丛林深处后启动了隐形模式，并未被恐龙们发现。机械工程师们竭尽全力修复着星船，希望能让它重新起飞，回到原本的世界。

洛星裹着的毯子下面，虎斑猫幼崽平安钻了出来。它注视着睡不着的洛星，蹭了蹭他的手掌，侧过头看了看不远处的迅猛龙，尾巴都炸毛了。

必须想办法活下来。时间皱褶发生时，地球的星港里是密密麻麻的星船。一个繁忙的星港里，数千艘不同载客量的星船飞往不同的目的地。不知道活下来的人有多少，也不知道是否有人捕捉到他们这艘星船的轨迹，来白垩纪救援。

洛星苦笑。也许，永远没有人来救援。星船无法抵达归墟星，他们会留在白垩纪终此一生。

迅猛龙走向星船。在它的眼底，星船是一块巨石，横卧在森林的草地上，四周是深深浅浅的沟壑。它总觉得有什么动物窥视着它，这让它有些愤怒。

平安看着硕大的爬虫类的瞳孔，害怕地钻进了毛毯下。

洛星看着迅猛龙，他心中突然有了一个想法。他在个人终端的投影上开始绘制出心中的构想。100个人要在危机四伏的白垩纪活下来，不可能永远躲在星船里，星船的食物和能量终会耗尽。

迅猛龙最终没能找到讨厌视线的源头，它忿忿不平地离开。不知道什么时候，乌云遮住了月亮，雨水落了下来，直至天明也未停歇。

第一次会议就在被雨水包裹着的星船里举行，讨论如何在白垩纪生存下来，修复星船动力系统，向未来发出求救信号。

所有的少男少女们在会议室集合，貌似平静，眼中却难掩忧虑。所有人都是从比高考还要严酷的选拔赛考试里获得归墟星联合中学录取通知书的。昨夜，每一个人大约都没睡好，思考着近乎绝望的未来。

星船附属的人工智能天玑因为时间褶皱事件还未恢复，只能维持基本的星船运行。学生们试着恢复了手动权限，开启了几个封闭的舱门，寻获了一批常规制式武器和能量块。这让他们稍微有了一些安全感。离开星船探索四周，没人能赤手空拳对付那些大块头。在这个时代，类哺乳动物还生活在草丛里，处于食物链的底层。

雨停后，一个七人小队全副武装离开了星船，对附近1000米进行细致的探测。洛星是七人小队的一员。

他出发前把虎斑猫平安交给女孩林璃照顾，平静地表示："如果我死了，星船食物匮乏后，请不要吃掉它，把它放走。"白垩纪未知的危险太多，这艘载着学生去归墟星的星船并不大，也没有什么特别的武器系统。白垩纪的第一天，每个人都很理智，但时间久了，或情况恶化到一定程度，一切就很难说了。

林璃吃惊地看着洛星的眼睛："你不会死。我也不会吃掉平安。"

洛星笑笑："希望我们都好运。"

二、特暴龙的午餐

巨大的蜻蜓飞过洛星的头顶，它的翅膀展开，长度和洛星的身高一样。男孩们谨慎地观察着四周：熟悉的被子植物已经茂密地生长在这个世界，山毛榉和榕树随处可见，蜜蜂围绕着开花植物飞舞。

这里雨水丰沛，草木繁盛，不少巨石散落在各处，似乎是千万年以前火山爆发后形成的特殊地貌。

洛星击杀了草丛里蹿起的蛇。同伴们将一个个环眼嵌入树干。环眼们能24小时监测四周，将影像传回星船。

七人小队最先遇到的恐龙是鸭嘴龙，看起来笨拙可爱，其实它的嘴巴里长着近千颗牙齿。

就在这个时候，鸭嘴龙警戒地望向远处。远处的树在摇晃，地方传来轻微的震动。

七人小队情急之下躲进了搭在一起的巨石的缝隙里。地面震动在加强，古老的恐龙的叫声传来。

洛星看到了栉龙那独具特色的顶冠，然后看到了它左腿上的咬伤。是什么让体重九吨身长12米的栉龙夺路而逃？洛星担忧地往缝隙深处缩了缩身体，食指竖在嘴唇前。

栉龙的身后，身型略小的特暴龙的身影出现了。这巨兽就像制作精良的狩猎机器，拥有数十颗剃刀般的牙齿，上肢短小爪子锋利，双腿粗壮有力。它对栉龙紧追不舍，灰色的皮肤上是蓝色的斑纹，如同巨大的蜥蜴。

白垩纪的恐龙们在七人小队面前上演了残酷的恐龙世界真相故事。他们眼睁睁看着栉龙在抵抗了数分钟后被特暴龙咬住了脖子，垂死挣扎也不能改变结局。特暴龙就在距离他们不足10米的地方进餐。洛星觉得自己这小身板只能给特暴龙当餐后甜点。

洛星怀疑自己拿着的高压电枪对恐龙没有什么杀伤力。他唯一庆幸的是，他们的面罩和衣物能隐匿气味，减少他们被特暴龙察觉的可能。

就在这个时候，洛星看到不远处的草丛里，两只小特暴龙探出头来！

洛星全身僵硬，一动不动，只恨缝隙开口处的野草不够茂密。一天之前，他满怀憧憬踏上通往星辰大海的美好前程，一天后，他很可能成为特暴龙全家的小点心。

两只小特暴龙吃着栉龙腹部最细嫩的肉，发出欢快的叫声。七人小队如风中枯叶，无声颤抖着。终于，特暴龙一家三口心满意足地踏着草丛远去。

洛星示意同伴们尽快远离此地，血腥味将吸引不少恐龙来到这里。他们有惊无险地回到了星船，双腿发软，冷汗湿透贴身的衣物。毫无疑问，如果正面遭遇特暴龙，他们根本没有生还的机会。

洛星说："我们需要找到对付恐龙的办法，不然我们没有未来。"

他抱住在脚边蹭着的虎斑猫平安："能对付恐龙的只有恐龙。"

三、洛星的计划

燥热的下午，空气仿佛会燃烧。星船的一角，洛星和林璃正在机械手的帮助下制造着一个小玩意。他们拆掉了游戏用的脑机接口装置，将芯片重写，改造附属的能源片。

"蔷薇刺能让恐龙听取我们简单的命令，我们可以通过改造的游戏手环发出指令。我们需要捕捉恐龙做实验。"洛星看着手里的小玩意，"7号舱里有一些医用的麻醉针剂。"

之后的一周里，一些小型恐龙被七人小队捕获，拖入了星船。洛星和林璃尝试在恐龙的脑部植入蔷薇刺。医疗室的愈合药剂能让恐龙避免短期内死于伤口感染。蔷薇刺的芯片释放出强弱不同的电流，刺激恐龙脑域，达到驯服恐龙的目的。

100个学生们都在努力。12号小组打通星船下方的岩层并找到了饮用水，通过改造的过滤装置，解决了大家的饮用水和洗澡水问题；5号小组设置了太阳能电力装置给星船补充能量，减少星船本身能量块的耗费；恐龙肉和一些浆果摆上了餐桌；少男少女们不再像斯文的优等生，变成了改造枪械的科学狂徒，话题的内容也从物理定律的分析论证变成了如何捕捉猎物。

来到白垩纪的第12天夜晚，洛星和林璃打算天明时去诱捕大型肉食恐龙，给它装上改进后的蔷薇刺。洛星将穿戴飞行翼，将大家伙引到星船附近，依靠星船的武器系统将它击晕。

星河璀璨永恒，这样的夏夜让人想起美好的过往。洛星听到了林璃压低的啜泣声。

“怎么哭了？”

“想爸爸妈妈了。我觉得我再也见不到他们了。”林璃低声说。她猜想父母大约在12天前就以为自己死在了时间褶皱事件里。

“我在被窝里也哭过。我原本是要指挥彗星级星舰的未来船长，现在只能指挥一两只小恐龙。”洛星说。

林璃停止了哭泣：“归墟星联合中学的毕业生里，成为星舰舰长的也屈指可数。”

洛星微笑：“要对未来充满期待。”

林璃沉默了几秒：“是谁曾经告诉我，如果他死了不要吃掉平安。这就是他对未来的期待吗？”

洛星耸耸肩：“未来有无数可能。”

清晨。雾气消散，恐龙大陆的一切在晨曦的阳光里闪闪发光。恐龙在地球存在了1.6亿年，直到小行星撞击地球后，恐龙才逐渐退出历史的舞台。如今的白垩纪末期是恐龙时代即将结束前最后的繁盛年代。

洛星无声无息地在森林里穿梭，他是飞行模拟游戏爱好者，对于操纵飞行翼并不陌生。他掠过平缓的草坡，根据飞行环眼发回的数据调整路线。这里距离星船有10千米，是那只被他们命名为“闪耀”的特暴龙活动的地盘。

洛星曾经在远处看过闪耀猎食中型恐龙。它躲在巨岩之后，屏息凝神等待着毫无防备的猎物经过，然后在数秒里扑杀猎物。特暴龙的爆发力强，能从它嘴里逃脱的猎物极少，它是白垩纪末期最强的肉食恐龙，也是霸王龙的近亲。

四、诱捕闪耀

在飞行环眼的指引下，洛星趁着特暴龙离开巢穴，潜入了它隐蔽的巢穴。这是一处被树木遮盖着的土坡，土坡往下的洞穴里生长着低矮的蕨类植物。阳光在这里变得黯淡，在洞穴的深处是特暴龙的蛋，它们还未孵化。孵化后的小特暴龙大概两年就能身长三米，猎食小型恐龙也游刃有余。

只要特暴龙发现星船里的学生们，虽然它无法进入星船，却会守着猎食每一个外出的人。凶残狡猾的特暴龙不会容忍其他生物和自己一样站在食物链的顶端。

光线黯淡的洞穴里，六颗恐龙蛋安静地竖立在土窝里。洛星吃力地抱起一颗恐龙蛋，走出洞穴，缓慢爬上土坡。他就像那些偷窃恐龙蛋的小恐龙，一旦被捉住，就会被愤怒的特暴龙撕成碎片。

在危机四伏的白垩纪，每时每刻都能听到死神的脚步声。飞行环眼发出急促的蜂鸣，它在提示成年特暴龙在急速接近。洛星奔跑了起来，同时启动了飞行翼。他看到了愤怒的特暴龙闪耀的身影，它就像疯狂的大型推土机冲了过来。

洛星双脚离地，飞行翼拖着他往空中飞去。洛星眼看着特暴龙闪耀离自己越来越近，而自己还没有到达安全高度。

带着腥味的巨口咬向了洛星，他操纵飞行翼闪过这可怕的一击。有那么一秒里，他甚至看到了特暴龙大嘴里那些密密麻麻的剃刀一般的牙齿。他鼓足勇气，将恐龙蛋砸到了特暴龙闪耀的头上。恐龙蛋碎裂了。

特暴龙闪耀发出可怕的吼声，追逐着洛星，一路上树枝折断，尘土飞扬。其他恐龙纷纷避让。

林璃在星船里收到了飞行环眼传来的影像。她最后一次检查改装的能安全切开特暴龙坚硬头骨的激光切割器械，以及能够自供能25年的蔷薇刺。特暴龙的寿命大约25年，蔷薇刺不仅能操控特暴龙，还能逐步提高它的智商。这类芯片在地球本身也曾用于儿童教育，作为脑机接口的升级版本。

林璃在学校阅读关于恐龙时代的书籍时，曾经思考过：如果恐龙进化为恐人，世界大约是另一番模样。

也许实验可以从学生们捕获的恐龙们开始，林璃想。

白光不时从洛星的眼前闪过，他觉得疲倦。愤怒的特暴龙闪耀一直紧紧追逐着他，不时跃起攻击洛星。洛星又不能飞得太高，那会导致翼龙的围攻。

这可比飞行模拟游戏刺激多了，洛星苦中作乐地想着。他看着远处的星船，想起了自己在地球和父母告别的画面：母亲一次次叮嘱他要注意身体，不要沉迷学习；父亲沉默地看着他，眼底有着不舍。

飞行翼在加速，洛星在特暴龙之前降落在了星船一侧，钻进了打开的舱门。

失去理智的特暴龙愤怒地撞向了星船。一层淡蓝色的光波从星船表面浮现，特暴龙仰面倒在了星船旁的空地上，将地面砸出深坑。

小队的其他人将大量的麻醉剂通过麻醉枪注入特暴龙的身体，然后小心翼翼地撤离。林璃套在特暴龙前爪上的医疗环忠实地记录着特暴龙的身体数据。

“它已经陷入麻醉状态，手术可以开始了。”林璃说。

白垩纪末期的恐龙大陆，成年特暴龙闪耀的命运被改写。它的脑部被植入的来自未来的蔷薇刺，将它驯化，也给予它进化的可能。当然，热爱自由和打架的特暴龙不会乐于选择这样的命运。

五、恐龙骑士的告别

黄昏将至。外出的学生们坐在特暴龙的脖子上，被夕阳橘色的光笼罩。他们戴着游戏头环，就像是传奇小说里的骑士。

七人小队已经拥有七只强大的特暴龙，在这两个多月里将附近100千米的地方梳理了数次。当学生们需要外出时，特暴龙们赶来星船，护卫安全。特暴龙们也学会了群体作战，为自己和学生们猎食。

植物发现和种植小组的学生们跟随特暴龙外出，增加了食谱上的蔬菜和浆果种类。天文小组经过测算和观察，确认星船所在的位置大约是蒙古一带。这漫长的夏日，每个人不问过去未来，为生存努力奋斗着。

学生们并没有放弃维修星船，唤醒星船的人工智能天玑。他们在时间的深处忙碌得如同工蜂。

洛星轻抚特暴龙闪耀脖子上粗糙的皮肤。他已经喜欢上骑着特暴龙在平原上奔跑，只有在梦里，他会梦到自己站在彗星级星舰的舰桥上，军服的袖口上是船长独有的蓝晶袖扣，闪电标志的袖扣。

所有的孩子们在三个月里长大了。虽然不少人曾在深夜里哭泣，但每个人都变得坚强能干了不少。连虎斑猫平安都学会了独自捕捉美味的斑点蚜虫。

当星星爬上天穹时，所有人听到了天玑系统久违的声音。它终于活过来了。

“亲爱的同学们，感谢你们搭乘前往归墟星联合中学的星船。我们的航程还未完成，在短暂的休整后，我们将在一刻钟后再度出发。因为要经过时间晶体构筑的通道，所有人必须进入旅行舱。”

洛星将筷子一丢，抓起虎斑猫平安把它塞进了自己的旅行舱：“同学们，我们需要拆掉改造接出去的太阳能板和进水管。埋在外面的环眼来不及回收，只能放弃。”

狂喜的学生们分组拆除太阳能板和进水管。七人小队则离开星船，打算和特暴龙们进行短暂的告别。

“闪耀，你自由了。”洛星拍了拍特暴龙闪耀的后腿。特暴龙闪耀低下头，它凝视着洛星。

“你们会征服整个大陆。我不知道你的后代是否能继承你的智慧。我想，那是属于你的故事了。”洛星轻声说。

星船在一刻钟后渐渐变得模糊，就像梦境一样无声无息地消散了。星船附近的七只特暴龙发出吼叫声，像是在告别，又像是在欢呼。白垩纪是属于恐龙的时代。

洛星抱着虎斑猫躺在旅行舱里，美梦再度降临。他梦到自己站在彗星级星舰的舰桥上，军服的袖口上是船长独有的闪电标志的袖扣。这一次，父母在舰桥的那头等待着他。

那是遥远的未来，却非遥不可及的未来。